莫言 | 主要作品

红高粱家族
天堂蒜薹之歌
十三步
酒国
食草家族
丰乳肥臀
红树林
檀香刑
四十一炮
生死疲劳
蛙

○●○

白狗秋千架（小说集）
爱情故事（小说集）
与大师约会（小说集）
欢乐（小说集）
怀抱鲜花的女人（小说集）
战友重逢（小说集）
师傅越来越幽默（小说集）

○●○

姑奶奶披红绸（剧作集）
我们的荆轲（剧作集）

Winner of
the Nobel Prize
in Literature

三 匹 马

莫言短篇小说精品系列

三匹马

浙江文艺出版社
Zhejiang Literature & Art Publishing House

目录

售 棉 大 路

　　棉花加工厂大门口那盏闪烁着银白色光芒的水银灯还像一点磷火那样跳跃不定，棉花加工厂高大的露天仓库黑黢黢的轮廓还只像一些巨大的馒头坐落在山岭之上，棉花加工厂轧花车间的机器轰鸣声听来还像一群蜜蜂在遥远的地方嗡嗡嘤嘤地飞翔。总之，离棉花加工厂大门口还很远很远，杜秋妹就不得不把她的排子车停下。满带着棉花的各种车辆已经把大路挤得水泄不通。杜秋妹本来还想把车子尽量向前靠一靠，但刚一使劲，车把就戳在一个正在喂马的男人身上，惹得那人好不高兴地一阵嘟哝。杜秋妹暗中吐吐舌头，连声道歉着，无可奈何地将车子退到马车后边去。

　　正是农历的九月初头，正是九月初头的一个标准的秋夜，正是一个标准的秋夜的半夜时分，肃杀的秋气虽不说冷得厉害，但也尽够人受的。杜秋妹拉着八百斤棉花走了四十里路，跌跌撞撞赶了几个小时，沿途汗流浃背，此刻让冷气一吹，觉得浑身冰凉，不由自主地发着抖，上下牙咯咯地打着架，便赶紧从车上拽出一条麻袋披在肩上，然后坐在车上静静地等待天明。

已是后半夜了，夜色幽远深沉。但马路上并不宁静，不时有车马人声在路上响起，杜秋妹的车后边，又排起了一条长龙。这时，她的前前后后都闪烁着车老板挂在辕杆上的风雨灯发出的昏黄的光亮，骡马驴牛都在吃着草料，一片窸窸窣窣的声响，使这冰凉的秋夜显得更加漫长和不可捉摸。

天仿佛越来越冷，杜秋妹跳下车来，披着麻袋在地上跳动，跳一会儿，又爬上车去，苦熬苦挨。时间仿佛凝固了，黑夜仿佛永远走不到尽头似的，杜秋妹仿佛等了几年似的。但夜色依然是那么厚重沉郁，绝没有半点曦光出现。她忽发奇想，脱掉鞋袜，把脚放在花包上蹭了几下，然后使劲伸进一个棉花包里去，上身往后一仰，就势躺在车上，拉过麻袋蒙住了脑袋。她终于迷迷糊糊地睡着了。

黎明时分，她被冻醒了。这时，天忽然格外黑起来，暗蓝的天幕变成黝黑。天幕上寒星点点，空气冰冷潮湿。一会儿，黑暗渐渐褪去，天色也变淡了，天空也变高了。半边天空是海水般的深蓝，半边天空是鸭蛋壳般的淡青。不久，星星隐去了，东边地平线下仿佛燃起了一堆大火，把半个天空又染成橘红色，几条呈辐射状的长云则一直伸展到西半边天空，像几支横扫长天的巨笔。太阳虽然还没出来，但天已经亮了。赶马车的人们纷纷吹熄灯光，收拾起草料架子，准备赶车向前了。

直到这时候，杜秋妹才算是真正看清楚了这条长蛇般的车马大队，而且也搞清楚了自己的排子车在这条长蛇阵中的位置：棉花加工厂坐落在一个小山岭上，一条砂石路从对面岭上爬下来又爬上去，一直爬进厂里去。这两道岭，恰似两个大波浪，杜秋妹的位置正好在双峰夹峙的波谷。

太阳升起来了，通红的光线照耀着落在大地上的、车辆上的以及杜秋妹头上的那层薄薄的白霜，一切都反射出令人感到温暖的红色光辉，连杜秋妹周围的人和骡马驴牛嘴里喷出的热气也带着迷人的色彩。杜秋妹吃了一点干粮，活动了一下冰得麻木了的身躯，便开始和她的车右边一位拉着排子车的大嫂攀谈起来。从攀谈中知道这位大嫂名叫腊梅，是一位军人的妻子，家中尚有一个正在吃奶的女孩。她比杜秋妹晚到一会儿，也是连夜赶了几十里路。原先以为能排上个头几名，上午卖了棉花，下午就可赶回家去，哪曾想到是这等阵势。大嫂十分忧虑，眉头紧蹙，脸色苍白。杜秋妹一个年轻姑娘，家中无牵无挂，早点回去晚点回去无所谓，但她为这位看上去有三十多岁的腊梅嫂焦心。她虽然没有结婚，连对象都没有，但女人的天性使她完全能够理解腊梅嫂的心情，于是便想办法安慰腊梅嫂。她说，也许卖起来是很快的，咱们就像一河被闸住了的水，只要一开闸门，就会哗哗地淌过去，放宽心，也许下午就能赶回去的……她的话虽是信口说来，但腊梅嫂却相信了似的，连连点着头，脸上浮起了健康女人的那种红晕。

杜秋妹的排子车前是一辆装得小山般的马车，马车主人披着光板子羊皮袄，戴着黑狗皮帽子，看上去像个半老头，但当他摘掉皮帽子，杜秋妹才发现他是一个挺嫩的小伙子。他的脸平常得像一块方方正正的砖坯，浑身上下都好像带棱带角。他手腕上带着一块亮晶晶的电子手表。此时，他甩掉了皮袄，满头冒着热气，在那儿将前后左右的马粪捡到挂在车下的皮桶里。马粪还飘着缕缕热气，散发着一股并不使庄稼人讨厌甚至有一种亲切感的气味。

杜秋妹是第一次来卖棉花，心里没底，便向年轻的车把式打听起来。车把式正忙着捡粪，不愿答理似的抬起头来，但一看到杜秋妹黑红的脸盘上那两只水灵灵的大眼睛，马上就春风满面了。杜秋妹问道："捡粪的大哥，你是车把式，走南闯北见识多，估摸着俺们这块什么时候能卖上？"车把式抬腕看看表，不无炫耀地回答道："现在是七点二十八分三十一秒，十二点兴许差不离儿。"杜秋妹听罢，心中十分高兴，忽然记起夜里的事，便笑着问："大哥，昨夜里俺的车把戳的就是你吧？对不起呀……"车把式咧着嘴笑起来，露出一口浅黄的牙齿："嘿嘿，没啥，俺就是那毛病，爱嘟哝，你也别往心里去。""哪能怪你呢？"杜秋妹说罢忍不住地格格大笑起来。笑声惊动了马车右边那台十二马力拖拉机的主人，一个紫糖色面皮，留着小胡子，穿着喇叭裤，颇有几分小玩闹派头的小伙子。他正在车顶上蒙头大睡，此时爬起来，揉了揉惺忪的睡眼，狠狠地瞪了杜秋妹一眼，仿佛责怪她的笑声打断了他的美梦。他跳下车来，一转身就往路沟里撒尿。杜秋妹对着拖拉机啐了一口，红着脸回到排子车旁。腊梅嫂轻轻地骂着："臊狗！死不要脸。"车把式看不顺眼了，一步闯过去，扯住机手的脖领子使劲揉了一把，喝道："哎，伙计！狗撒尿还挪挪窝呢，你这么大个人，怎么好意思！"机手被车把式一搡，剩下的半泡尿差不多全撒到裤子里，吃了一个不大不小的亏，心中好不窝火，意欲以老拳相拼，但一打量车把式那树桩子一样的身板，自知不是对手，便破口大骂："娘的，老子又没把尿撒到你家窝里，用得着你来管！""这儿有妇女！""妇女怎么着？谁还不认识是怎么着？""流氓！老子踹出你的大粪汤子来！"车把式勃然大怒，扑上去，但很快被人们拉住了。一位五十多岁的老者拍拍拖拉机手的肩头，淡淡地说："小伙子，别在这儿丢人了，你想想自己家里也有女人就行了。"机手面红耳赤，悻悻地转到车前，跳到驾驶台上，再也不出声了。

车把式疾恶如仇的举动赢得了杜秋妹极大的好感，她用信任的目光瞅着他，并给了他一个甜蜜的微笑。车把式走上前来，刚想张嘴说点什么，一句话未及出口，就听到前边一阵喧哗，回头一看，只见车马攘攘，这条像僵死了的长蛇一样的车马大队开始蠕动起来。车把式连忙跑回车旁，抄起了鞭子。杜秋妹也兴奋地驾起车来，拉祥套上肩头。拖拉机手摇起车来，柴油机怪叫着，喷出一团团呛人的黑烟。一时间，马路上好像开了锅，马嘶、牛叫，赶车人高声大嗓地吆喝；人们兴奋、激动、跃跃欲试，在欢喜中忙碌、等待。大家都一个心眼地凝视着前方，都一个心眼地想着，向前走，向前走，哪怕是一分钟一步地向前挪，也是对人们的巨大安慰。杜秋妹两眼圆溜溜地瞪着前方，车袢抻得绷绷紧，煞进了她的肩头，她结实丰满的胸脯轻轻地起伏着，随时准备向前走。她恨不得一下子就飞到棉花加工厂里去，卖掉棉花，然后，拿着大把的票子去百货公司，不！先去饭馆子里买上十个滋啦啦冒着热气的油煎包，一口气吃下去，然后去理发馆烫个发，照相馆照张相，最后才去百货公司，去逛一逛，购三买四，去显示一下农村大姑娘的出手不凡与阔绰大方……杜秋妹父母早殁，一个哥哥大学毕业后分配到海角天涯，因此，她是一个可以放心大胆地努力劳动赚钱，并放心大胆地放手花钱的角色。

　　然而，现实情况却使杜秋妹大大失望，她的排子车仅仅向前移动了五米的光景，便触到了马车的尾巴，再也走不动。车马大队又像一根断了扣的链条一样瘫在路上。这是前进中的第一次停顿，对人们的打击并不重。大家都相信，这是偶然的，是棉花厂刚开大门的缘故。就像一个人吃饭时吃呛了一样，咳嗽几声就会过去。于是大家就耐心地等待着棉花加工厂"咳嗽"，清理好它的喉咙，然后，源源不断的车马以及车马满载着的棉

花，就会像流水一样哗哗地淌进去，并从另一头把拿着
票子的人淌出来。

半个小时后，车队终于又移动了一次，移动了大约
有十几米远。以后，车队就以每小时大约四十米的速度
前进着。这种拥拥挤挤的、吆二喝三的、动动停停的前
进方式，折磨得杜秋妹神经麻痹，烦躁不安。她不停地
抬头看着可以代替时钟的太阳，不停地回头看着她夜间
停车的地方，那儿有一棵纤弱的小白杨树，至今依然清
晰可辨。事实证明，她的排子车总共前进了不过一百五
十米，而从她把车停在那儿算起，到现在已经过了十几
个小时。

到了十二点光景，车马大队再一次像死蛇一样僵在
路上。杜秋妹闲得无聊，便与腊梅嫂再度攀谈起来。这
一次她彻底地了解了大嫂各方面的情况，知道了大嫂看
上去三十多岁，实则只有二十六岁多一点；知道了大嫂
的丈夫在麻栗坡当副连长，一九七九年自卫还击作战被
越南人的子弹在头皮上犁开一条沟，至今还留着一道明
晃晃的大疤瘌，致使他大热天也不好意思摘帽子；还知
道了她的六十岁的患有气管炎的婆婆和八个月零三天的
左腮上有个酒窝窝的小女儿，等等，等等。什么话都说
完了，口里的唾沫全耗干了，可是一切如故，车马大队

还是一动也不动。

骡马都焦躁地弹起蹄子来，远处几头拉车的黄牛不顾主人的叱咤卧倒在地上。车把式支撑起草料笸箩喂起牲口来。拖拉机手早已把机子熄了火，钻到车顶上用花包支起的洞洞里，打开了收音机，电台正在播放京剧《打渔杀家》，拖拉机手时而扯着破锣嗓子跟着瞎唱一气，时而又卷起舌头吹口哨，旁若无人，自得其乐。

太阳当头照耀，一点风也没有，天气闷热。杜秋妹回想起夜里冻得打牙巴骨那会儿，恍有隔世之感，颇有几分留恋之意。十三点左右，形成了这一天当中的一个热的高潮，白花花的阳光照到雪白的花包上，泛着刺目的白光，砂石路面上，泛起金灿灿的黄光；空气中充满了汗臭味、尿臊味和令人恶心的柴油味；骡马耷拉着脑袋，人垂着头，忍气吞声地受着"秋老虎"的折磨。后来，刮起了时断时续的东北风，立刻凉爽了不少，人、牲畜都有了些精神。杜秋妹肚子咕咕叫起来，她摸出一块饼，吞咬了一口，但舌头干燥得像张纸，一卷动仿佛唰啦唰啦响，食物难以下咽。她把饼让给腊梅嫂吃，腊梅嫂苦笑着摇了摇头。

车把式走上前来，跟杜秋妹商量了一下，决定由杜秋妹替他照看着牲口，由他到周围的沟里去打点水来，一是润润人的喉咙，二是饮饮牲口。杜秋妹面有难色地说："万一前边走开了怎么办？俺一个人顾不了两辆车啊。"车把式思索了一会儿，终于想出了一个两全其美之策。他把杜秋妹的排子车拴在马车尾巴上，这样，马车就拖着排子车前进。车把式还说，即使他找水回来，也可以不把排子车解下来，这样就能省她一些气力。杜秋妹还想让腊梅嫂把排子车再拴到自己的车尾巴上，但车与车首尾相连，很难插进来，腊梅嫂也连声拒绝，于是只得作罢。

腊梅嫂的嘴唇上已鼓起了燎泡，溢出的奶水在胸前结成了两个茶碗口大的嘎巴，她几次用袖子偷偷擦眼，揩干几乎夺眶而出的泪水，杜秋妹偷眼看着腊梅嫂，心里酸溜溜的不是个滋味，但又爱莫能助。拖拉机手适才好像被晒截了气，凉风一起又还了阳，他又拧开了收音机。电台开始播放广告，广播员千篇一律的声音夹杂在乱七八糟的声响里，在斑驳陆离的空间里打着滚，加重着人们的烦躁。人们再也坐不住了，失去了静候车旁等待前进的耐心和信心。一部分人提桶四出找水，一部分人互相打听着车马大队停滞不前的原因。这样一开头，消息便一个接一个地从前边传来。一会儿说，车马停滞不前的原因，是加工厂里塞满了棉花，连人走的路都没有了，工人进车间要扒开棉花钻进去，出车间当然只有扒开棉花才能钻出来。棉农们拉着加工厂厂长不放，要求他想法加快收购速度，厂长急火攻心，一头栽到地上，人事不省，送到医院抢救去了……一会儿又有消息说，厂长根本没去医院，用凉水拍了拍头顶就出来了，领着人在赶铺新垛底，增设新磅秤，连瘸腿县长都惊动了，正一瘸一颠地在加工厂内调查情况……后来又有消息说，根本没有厂长昏倒那回事，加工厂里也没有满到那种程度，车队停滞的原因，是一辆手扶拖拉机被一辆二十五马力"泰山"拖拉机撞进了道沟，机手砸断了三根肋条，公安局派来警察保护现场，一会儿拍完了现场照片，大路就会畅通……消息连续不断地传来，大概前后肯定，否定，否定之否定，否定否定之否定了十几个回合的光景，老天保佑，车马大队终于又前进了。

　　杜秋妹一边手忙脚乱地招呼着牲口。一边焦灼地张望着车把式走的方向，盼望他能早点回来。车队虽然还像蚯蚓一样缓缓蠕动，拖拉机手却不停地猛踩油门，使没有充分燃烧的柴油变成一股股黑烟，喷到杜秋妹身边，把她包围在肮脏的烟雾里。这种挑衅性的使奸要坏，带着明显的报复色彩，拖拉机手大概已把杜秋妹和车把式列为"一丘之貉"。

　　杜秋妹是决不吃哑巴亏的,她挥动着鞭子愤愤地说:"哎!你积点德好不好?"

　　机手不屑地耸耸鼻子,反唇相讥:"怎么啦,太太,我把你的孩子扔到井里去了?你赶你的车,我开我的车,咱们是大路朝天,各走半边,井水不犯河水。"

　　"你加什么油门?!"

　　"废话!不加油门车能动?"

　　"有你这样加油门的吗?像抽羊角风一样!别以为你大姑没见过拖拉机,你大姑家里有两辆大汽车没愿开来哩!"

　　周围的人们友好地笑起来。机手很尴尬,自寻台阶下驴,说:"看你是个老婆,老子不跟你一般见识。"

　　"放屁!"杜秋妹大骂一声,抬手就是一鞭子,机手一闪身,躲了过去。这一鞭子没打着,杜秋妹紧接着骂道:"你娘才是个老婆!"

　　机手猛跳下车,冲到杜秋妹面前,但一见杜秋妹横眉竖目准备拼命的样子,便狠狠地吐了一口唾沫,缩了回去。

　　这时,车把式提着一桶水回来了。杜秋妹抢上前去,把嘴贴到水面,咕咚咕咚灌了一个饱。腊梅嫂也喝了一点水,然后,大家随便吃了一点干粮。拖拉机手坐在驾驶座上连头也不回，一支接一支地抽烟。车把式招呼他："哎，伙计，喝水不？不喝可要饮马了。"机手聋了似的一声不吭。杜秋妹低声说："理他呢！"渴极了的马把脖颈伸过来，咴咴乱叫。"不喝真要饮马了……"车把式话没说完，马的嘴巴已经扎进了水桶里。

　　一会儿工夫，东北风忽然大了起来。东北方向的地平线上，也滚起了一些毛茸茸的灰云。阳光已不强烈，路面上刺目的光线变得柔和了，而这时，车队竟也破天荒地连续前进了大约二百米。行进中，杜秋妹忽然闻到一股烧着棉布或是棉花的气味儿。她一边翕动着鼻翼，一边检查了腊梅嫂的排子车。腊梅嫂说："八成是拖拉机上烧着什么了，刚才他还抽过烟。"杜秋妹腾腾跑上前去，高叫着："停车！"拖拉机手瞪了她一眼，并不理睬。这时，杜秋妹已经看到了车上那只冒着白烟的花包，急忙大叫道："你车上着火了！"机手一回头，脸煞地白了，急忙刹住车，跳上车斗，把着了火的棉花包扔下地来。花包一落地，呼啦一下子腾起了半尺高的火苗。杜秋妹一猫腰，拖着棉花包就滚下了道沟。人们一齐拥下沟去，捧土将火压灭……

　　这包棉花烧掉了大约三分之一，剩下的三分之二，经过众人反复检查，确信没有余烬时，才又帮助机手抬到车上。早晨替他和车把式劝架的老者走上前去，说："小伙子，你怎么尽干些没屁眼的事儿呢？干这活儿怎么敢动烟火呢？老爷子烟瘾比你不大？烟袋都扔在家里不敢拿哩……"

众人也纷纷议论起来："伙计，你今天好大灾福！再晚一会儿，这车棉花就算报销喽！"

"连我们也要跟着沾光！东北风这么大，还不闹个火烧连营！"

"嗨，多亏了姑娘鼻子好使，顶风还能闻得到……"

人们一齐又把赞赏的目光投到杜秋妹身上，看得她不好意思起来。她的手上烫起了几个大水泡，裤子也烧了一个鸡蛋般大的窟窿。

机手红着脸，嗫嚅着："……大姐，您宰相肚里跑轮船，刚才……"可杜秋妹扭过身去再也不去理他。

车把式关切地走过来，请她坐到马车上去，杜秋妹摇摇头拒绝了。这时，前边的车辆又纷纷行动，车把式急忙跑回去照料车马。腊梅嫂执意不肯再让杜秋妹帮她拉车，但拗不过，只好又递给她一根拉袢。两个人弯着腰，跟在拖拉机后一节一节地前进。

东北风愈刮愈大，风里夹杂着潮气和泥土腥味，马路两旁收获后的庄稼地袒露着胸膛，苍茫辽远，风刮着

焦干的豆叶在道沟里滚动，唰啦唰啦响个不停。杜秋妹
的排子车前进约有一华里，爬完了这个大慢坡的六分之
一，离棉花加工厂大门又近了一些。这时喧闹的车马大
队又一个彻底停住了。

腊梅嫂急得嘤嘤地哭起来。她那胀得像石头一样硬
的乳房，使她想象到家中饿得嗷嗷大哭的爱女与倚门而
望的老娘。这狼狈不堪的处境，又使她怨恨起在麻栗坡
当副连长的男人；因为他的缘故，才使她一个妇道人家
像牲畜一样拉着车连昼带夜地来卖棉花。杜秋妹也陪着
腊梅嫂流了几滴同情的眼泪，更引逗得腊梅嫂悲声哽
咽。杜秋妹怕她哭坏了身子，便劝慰大嫂说："大嫂，
你不必哭了，世上没有过不去的河，没有爬不上去的
坡，孩子八个月零三天，不！零四天，已经不小了，你
说过家中还有奶粉、麦乳精，还有她爸爸的装着乳胶奶
子头的奶瓶，家中还有奶奶，会照顾好她的……要不你
就回家一趟？来回一百里路，非把你累倒在路上不
可……"车把式送过来半包饼干，又不知从哪儿搞来一
个红皮大萝卜，用刀子割成两半，逼着杜秋妹和大嫂吃
下去。拖拉机手也凑过来说了几句劝慰的话，并且表示
愿意把大嫂的排子车拴到他的车尾巴上拖着走；如果大
嫂愿意的话，卖完棉花后他可以先开车把大嫂送回家，

如果杜秋妹也愿意，他更乐意效劳……

　　人们愤愤的牢骚声四面响起，拖拉机手甚至破口大骂。他骂棉花加工厂里都是些混蛋，回去后一定要写封信到报社里去告他们一状……机手骂够了，突然想起了他的收音机，他取出来拧开。电台正在进行天气预报：今天夜间到明天，多云转阴……局部地区有雷阵雨……

　　杜秋妹敏感地跳起来，嚷道："听到了没有？有雷阵雨！局部地区有雷阵雨！"听到这消息，霎时间，人们心里像十五只吊桶打水，七上八下，全没了主意。杜秋妹说："雷阵雨，人倒不怕，权当洗个凉水澡，可是棉花，棉花可就完了。加工厂是不会要湿棉花的，我们还得拉回家去，再晾、再晒；再晾再晒也白搭，棉花让雨一淋就会发黄、发红、降级、压价、少卖钱，我们还得再来排队、熬夜……"

　　这将要来临的秋季少见的雷雨，对车马大队的威胁显然是大大超过了棉花加工厂的夜间关门。车把式毫不犹豫地点亮了他的剩油不多的风雨灯。人越聚越多，暗淡的灯光照着一张张惶惶不安的面孔。大家都抬头看天，天果然有些不妙，风利飕有劲，潮气很重，东北方向的天空像有千军万马在集结待命，乌压压，黑沉沉，仿佛只要一声令下，就会冲过来，就会遮天盖地。没有被阴云吞噬的晴空中，还有几个星星在发抖；西边林梢上那一勾细眉般的新月，也好像在打着哆嗦。一会儿，神使鬼差似的，就在东北方向遥远的地方，一道贼亮的闪电划开了夜幕，很久，才响起了一阵沉闷的雷声。

雷声一响，人们纷纷跑回到自己的车旁，至于跑回去干什么，恐怕没有人能够解释清楚。杜秋妹、车把式、拖拉机手、腊梅嫂这几个不打不相识的朋友聚在一起，冷静地分析了情况，大家一致认为：走是不现实的，因为路上的车一辆接一辆，要想掉转车头抢在雷雨之前赶回家，简直比登天还难。于是，剩下的只有一条路，留在这里，听天由命，把希望寄托在侥幸上。不是说局部有雷阵雨吗？也许我们是在那个局部之外。但还必须采取一些防护措施……

拖拉机手有一块篷布，车把式车上有一块塑料薄膜。车把式提议把四辆车上的棉花统统卸下来垛在一边，上边用篷布和塑料薄膜蒙住，这样，在一般情况下可保无虞。杜秋妹和腊梅嫂不愿给他们添麻烦，尤其是不愿给拖拉机手添麻烦，因为他的篷布很大，完全可以把拖斗罩过来。拖拉机手稍微犹豫了一下，接着便表现得慷慨大度，说了一些有苦同受有福同享之类的话，杜秋妹和腊梅嫂一时都很感动，于是大家便按计划行动起来。

棉花盖好了。人无处躲藏，就一齐坐在马车上，静候着雷雨的到来。车把式的风雨灯熬干了油，不死不活地跳动了几下，熄灭了。风也突然停了。一只雨信鸟尖叫着从空中掠过，翅膀扇动的声音都听得清清楚楚。原先一直低唱浅吟的秋虫也歇了歌喉。一切都仿佛在耐心地等待；一切都仿佛进入了超生脱死的涅槃境界。就这样不知呆了多长时间，突然，一种窸窸窣窣、呼呼噜噜、轰轰隆隆的声音从东北方向滚滚而来，一时间天地之间仿佛有无数只春蚕在野咬桑叶，无数只家猫在打着鼾，无数匹野马掠过原野。紧接着，一直在东北方横劈竖砍的闪电亮到了头顶，震耳的雷声也在人们耳边响起。顷刻之间，风声大作，风里夹杂着稀疏但极有力的雨点横扫下来，像鞭子一样抽打着人的颜面。杜秋妹和腊梅嫂紧紧地偎在一起，像打摆子一样浑身战栗着。车把式把他的光板子皮袄蒙到了两个女人头上。风雨雷电像四个互相撕咬着、纠缠着的怪物，打着滚、翻着筋斗向西南方向去了。剩下的只有遒劲冰凉的小东北风，吹拂着惊魂未定的人们。渐渐地，首先是从西北方向露出了一丝深蓝的夜空和几颗耀眼的星辰，很快便晴空如洗满天星斗了。

　　真是幸运极了，这场外强中干、虚张声势的雷阵雨并没落下多少，连光板子皮袄都没打湿。棉花罩在篷布下，料想是无妨的，杜秋妹心中轻松了一些。大家都不说话，各自想着自己的心事。车把式大睁着眼睛，竭力想看清杜秋妹那两只动人的眼睛，努力想象着杜秋妹鲜红娇艳的双唇。拖拉机手又百无聊赖地捣鼓开了他的收音机。腊梅嫂则始终紧紧搂住杜秋妹，将她那充满奶腥味的胸膛挤在杜秋妹肩头上。就这样，他们一直静坐到半夜时分。秋风无情地扫荡着大地，寒冷阵阵袭来，打透了人们的单薄衣衫。杜秋妹和腊梅嫂躲在腥膻扑鼻的皮袄下边还是一个劲发抖。偏偏就是在这时候，那件事又按着自己固有的周期，来到了杜秋妹身上。杜秋妹根本没曾想到卖车棉花要在外边耽搁这么长的时间，所以全无准备。众多的不方便、不利索所带来的羞涩、烦恼、痛苦，折磨得这个刚强的大姑娘禁不住地啜泣起来。腊梅嫂以敏感的嗅觉和女人之间共通的心理马上明白了是怎么一回事，但她一时也没有办法，手边连一块纸头也没有，四周全是寒冷和没法说话的男人，她不免联想到做一个女人的诸多不便，忍不住又抹泪了。

　　车把式听到两个女人的哭泣，以为她们是给冻的，便又把狗皮帽子摘下来扣到杜秋妹头上，机手也把雨衣披到两个女人身上去，两个女人说她们不冷，把帽子和雨衣还给车把式和机手，依然抽泣不止。

车把式在黑暗中抓住杜秋妹的手，问她是不是病了，如果病了，他可以背着她从田野里斜插到另一条公路上去，到就近的医院里去求医。杜秋妹连连摇头，车把式又问为什么？腊梅嫂终于说道："妇女的事，你打听什么？"车把式像扔掉一块热铁一样放开了杜秋妹的手，这时他才意识到竟然荒唐大胆抓住了一个大姑娘的手。他知趣地搓着双手，慌忙跳下车转到棉花包后边去。还是腊梅嫂急中生智，从自己的棉花包里抽出一大把棉花给了杜秋妹……

凌晨四点多钟，杜秋妹被腊梅嫂推醒。她睁开朦胧的眼睛，看到车把式和机手已经把拖拉机和两辆排子车全部重新装好，机手正在用绳子将腊梅嫂的排子车拴到拖拉机的尾巴上。两人急忙跳下马车，冻麻了的腿脚使她行动起来连瘸带拐，十分滑稽可笑。她们满腹的感激话一句也说不出，只将一行行热泪挂到冰冷的腮上。她们帮忙装上马车，车把式也把杜秋妹的排子车重新拴好在马车上。东方已是鱼肚白色，从小岭背后的村庄里传来了一两声小公鸡稚嫩然而却是一本正经的鸣叫。黎明的清冷又一次来袭击她们，杜秋妹因有事在身，更兼连日劳累不得温饱，颇感狼狈。

　　经过这一夜风雨中的同舟共济，他们四个现在成了可以相互信赖的好朋友了。从昨天车马的进度看，他们对今天也不抱太大的希望。这样，四个人都聚到一起商量，应该到附近买点食品回来，准备在这儿再熬一天。车把式提议要买两把暖壶，到附近村庄去灌两壶开水。杜秋妹提议给两个男子汉买一瓶烧酒，让他们喝一点，驱驱寒气，解解困乏。这个提议立刻得到腊梅嫂的赞同。两个女的没有带钱，机手口袋里只有几个钢镚。车把式摸摸口袋，看看腕上的表，忽然说他有钱，一切他包了。但杜秋妹明确表示，卖了棉花她愿把账目全部承担；其余三人当然不干，于是决定暂时不管这件事，到时再说，决定派两个男的去采购，女的留守原地看管车辆。

　　早晨七点多钟，站在车上一直朝西南方向望着的杜秋妹兴奋地叫了起来，腊梅嫂也看到了跌跌撞撞地朝这儿跑着的车把式和机手。她们像迎天神一样把他们俩接回来，机手把买回的暖壶等物件撂到车上，车把式满脸是汗，呼呼地喘着粗气，匆匆拉开皮兜子的拉链，一兜子肉包子冒着热气，散发出扑鼻的香味。杜秋妹顿时觉得饿得要命，恨不得把兜里的包子全吞进肚子里去。周围的人们也围拢上来，打听着包子的来处和价钱。车把式一边回答，一边客气地让着周围的人吃一个尝尝，人们也都客气地拒绝。一会儿，就有几个小伙子一溜烟地向县城方向奔去。

四个人好一阵狼吞虎咽。按他们肠胃的感觉还刚刚半饱的时候，腊梅嫂就劝大家适可而止，一是怕撑坏了肚子，二是必须有长期坚持的准备，因为根据昨天的经验来看，今天能否卖掉棉花还很难预料，因此要细水长流，留下些包子当午饭。

吃过饭，车把式把腊梅嫂拉到一旁，红着脸递给她一个纸包，让她转交给杜秋妹。腊梅嫂打开一看，马上明白了。她拉着杜秋妹就向远处的小树林走去。腊梅嫂边走边夸着说："这小伙子不错，心眼好，连这事都想得这么周到。"

半小时后，她们每人抱着一些青草回来。杜秋妹把青草丢给饿得咴咴叫的骡马，面孔通红，双眼直直地盯着车把式憨厚的脸，低声说："好心的大哥，俺一辈子忘不了你……"

拖拉机手瞥见了这一幕，脸上出现极为复杂的表情。

又是太阳升到一竿子高的时候了，车马大队开始前进。忽然从前面传过来消息说，县委书记亲临加工厂解决问题，昨天夜里清理通道，赶铺新垛底，增设了新磅秤。开始人们还将信将疑，但过一会儿工夫，果然队伍前进的速度惊人。不到两个小时，杜秋妹坐在高高的马车上已经清清楚楚地看见了棉花加工厂挂在门口的大牌子以及门口挤成一个蛋的人马车辆。阳光照耀着杜秋妹欣喜的笑脸，车把式不时回头向车上看看，问一问杜秋妹的饥饱冷热。杜秋妹用会说话的眼睛使他得到了满足和幸福。腊梅嫂坐在拖拉机上，居高临下地看着这两个年轻人，脸上不时出现会意的笑容。

中午时分，她们和他们的车拥进工厂的大门，经过扦样、测水、检验、定等级等手续，再到垛前过磅，过完了磅又把棉花包滚到高高的垛上去，最后到结算室算账领款。领到了钱，杜秋妹要付给车把式买东西的钱，车把式哪里肯依，说只当是自己请客，其他两位也只好这样作罢。

临分手时，杜秋妹突然想起：一整天没见车把式捋着袖子看电子表了。她对这位尚不知姓名的青年，大有相见恨晚之感。她用深情的眼睛向车把式发射着无线电波，同时，她的大脑里最敏感的部位也不断接收到了从车把式心里发出的一连串的脉冲信号……

（一九八三年一月）

民 间 音 乐

古历四月里一个温暖和煦的黄昏，马桑镇上，到处都被夕阳涂抹上一层沉重而浓郁的紫红色。镇中心茉莉花酒店的店东兼厨师兼招待花茉莉就着一碟子鸡杂碎喝了二两气味香醇的黄米酒，就着两块臭豆腐吃了一碗捞面条，然后，端起一个泡了浓茶的保温杯，提着折叠椅，爬上了高高的河堤。八隆河从小镇的面前汩汩流过。登上河堤，整个马桑镇尽收眼底，数百家青灰瓦顶连成一片，一条青麻石铺成的街道从镇中心穿过；镇子后边，县里投资兴建的榨糖厂、帆布厂正在紧张施工，红砖墙建筑物四围竖着高高的脚手架；三里之外，新勘测的八隆公路正在修筑，履带拖拉机牵着沉重的压路机隆隆地开过，震动得大地微微颤抖。

正是槐花盛开的季节，八隆河堤上密匝匝的槐树枝头一片雪白，浓郁的花香竟使人感到胸口微微发闷。花茉莉慢慢地啜着茶叶，穿着拖鞋的脚来回悠荡着，两只稍稍斜视的眼睛妩媚地睇睞着河堤下的马桑镇与镇子外边广袤的原野上郁郁葱葱的庄稼。

黄昏悄悄逝去，天空变成了淡淡的蓝白色，月光清澈明亮，八隆河上升腾起氤氲的薄雾。这时候，花茉莉的邻居，开茶馆兼卖酒菜的瘸腿方六、饭铺"掌柜"黄眼也提着马扎子爬上河堤来。后来，又来了一个小卖部"经理"麻子杜双和全镇闻名的泼皮无赖三斜。

堤上聚堆而坐的五个人，是这小小马桑镇上的风云人物，除了三斜以他的好吃懒做喜造流言蜚语被全镇人另眼相看外，其余四人则都凭着一技之长或一得之便在最近两三年里先后领证办起了商业和饮食服务业，从此，马桑镇有了有史以来的第一个"商业中心"，这个中心为小镇单调枯燥的生活增添了不少乐趣和谈话资料。

由于基本上各干一行，所以这四个买卖人之间并无竞争，因而一直心平气和，买卖都做得顺手顺心，彼此之间和睦融洽。自从春暖花开以来，每晚上到这河堤上坐一会儿是他们固定的节目。泼皮三斜硬掺和进来凑热闹多半是为了花茉莉富有魅力的斜眼和丰满浑圆的腰肢。他在这儿不受欢迎，花茉莉根本不睬他，经常像轰狗一样叱他，他也死皮赖脸地不肯离去。

四个买卖人各自谈了一套生意经，三斜也有一搭无一搭地瞎吹了一些不着边际的鬼话，不觉已是晚上九点多钟，河堤上已略有凉意，秃顶的黄眼连连打着呵欠，花茉莉已经将折叠椅收拾起来，准备走下河堤，这时，三斜神秘地说："花大姐，慢着点走，您看，有一个什么东西从那边来了。"

花茉莉轻蔑地将嘴唇噘了一下，只顾走她的。她向来不相信从三斜这张臭嘴里能有什么真话吐露出来。然而，一向以忠厚老实著称的麻子杜双也说："是有什么东西走来了。"黄眼搭起眼罩望了一会儿说："我看不像是人。"瘸腿方六说："像个驴驹子。"

走过来的模糊影子还很远，看不清楚，只听到一种有节奏的"笃笃"声隐约传来。

五个人沉默地等待着，月光照耀着他们和满堤开着花的槐树，地上投下了一片朦胧的、扭曲的、斑驳陆离的影子。

"笃笃"声愈来愈清晰了。

"不是驴驹，是个人。"方六说。

花茉莉放下折叠椅，双手抱着肩头，目不转睛地盯着渐渐走近的黑影。

一直等到那黑影走到面前时，他们才看清这是个孱弱的男子汉。他浑身上下横披竖挂着好些布袋，那些布袋有细长的、有扁平的、有一头大一头小的，全不知道里边装着一些什么玩意。他手里持着一根长长的竹竿，背上还背着一个小铺盖卷。

三斜划着一根火柴，照亮了来人那张清癯苍白的脸和两只大大的然而却是黯淡无光的眼睛。

"我是瞎子。面前的大叔、大哥、大婶子、大嫂子们，可能行个方便，找间空屋留我住一宿？"

五个人谁也没有吭气。他们先是用目光把小瞎子上上下下打量一遍，然后又彼此把目光投射到其他四个轮廓不清的脸上。

"瞎子，老子倒是想行行善，积点德讨个老婆，可惜家中只有一张三条半腿的床。"三斜嘲弄地说。

"那自然只好作罢。"瞎子心平气和地说，他的声音深沉凝重，每一个字都像是从胸腔里发出来的。

"黄掌柜，"瘸子方六道，"你家二闺女才出嫁，不是有间闲房吗？"

"哎哟我的六哥呐，你难道忘了我的三闺女已经十五岁，她姐前脚出门，她后脚就搬进去了……还是麻子老弟家里宽敞，新盖了三间大瓦房。"

"我家宽敞不假，只是今日才去县里进了一批货，摆得没鼻子没眼，连插脚的地方也没有啊……方六哥，你家……"

"快甭提俺家，老爷子就差点没睡到狗窝里去了……"方六着急地嚷起来。

"既然如此，就不打扰了。多谢诸位乡亲。"小瞎子挥动竹竿探路，昂然向前走去。

"你们这些臭买卖主，就是他妈的会油嘴滑舌，这会儿要是来一个粉嫩的——像花大姐一样的女人找宿，有十个也被你们抢走了，三爷我……"

"滚你娘个蛋！"没等三斜说完，花茉莉就将保温杯里的残茶十分准确地泼到他的脸上。然后，她将折叠椅夹在胳肢窝里，几步赶上去，拉住小瞎子的竹竿，平静地说："跟我来吧，慢着点走，这是下堤的路。"

"谢谢大嫂。"

"叫我大姐吧，他们都这样叫。"

"谢大姐。"

"不必。"

花茉莉再没说什么，小心翼翼地牵着小瞎子走下河堤，转到麻石铺成的街上。站在堤上的四个人听到了花茉莉的开门关门声，看到了从花茉莉住室的苹果绿窗帘里边突然透出了漂亮而柔和的光线。花茉莉晃动的身影投射到薄如蝉翼的窗帘上。

河堤上，三个买卖人互相打量着，交换着迷惘的目光，他们好像要说点什么，但终究什么也没有说，彼此点点头，便连连打着呵欠，走回家去睡觉。他们都已过中年，对某些事情十分敏感而机警，但对某些事情的反应却迟钝起来，花茉莉把一个小瞎汉领回家去寄宿，在他们看来虽然有点不可思议但又毕竟是顺理成章，因为他们的家中虽然完全可以安排下一个小瞎子，但比起花茉莉家来就窄巴得多了。花茉莉一人独住了六间宽敞明亮的瓦房，安排三五个小瞎子都绰绰有余。因此，当小瞎子蹒跚着跟在花茉莉身后走下大堤时，三个人竟不约而同地舒出了一口如释重负的长气。

唯有泼皮无赖三斜被这件事大大震惊了。花茉莉的举动如同电火雷鸣猛击了他的头顶。他大张着嘴巴，两眼发直，像木桩子一样揳在那儿。一直等到三个买卖主也摇摇摆摆走下河堤时，他才真正明白过来。在三斜眼里，这可是一件非同小可的事情，他心里充满醋意与若干邪恶的念头，他的眼睛贪婪地盯着花茉莉映在窗帘上的情影与小瞎子那一动不动的身影，嘴里咕咕噜噜吐出一连串肮脏的字眼。

现在该来向读者介绍一下花茉莉其人了。如果仅从外表上看，那么这个花茉莉留给我们的印象仅仅是一个妩媚而带着几分佻薄的女人。她的那对稍斜的眼睛使她的脸显得生动而活泼，娇艳而湿润的双唇往往使人产生很多美妙的联想。然而，无数经验告诉我们，仅仅以外貌来判断一个人的内心世界，往往要犯许多严重的错误。人们都要在生活中认识人的灵魂，也认识自己的灵魂。

花茉莉不久前曾以自己的离婚案轰动了、震撼了整个马桑镇。那些日子里，镇上的人们都在一种亢奋的、跃跃欲试的情绪中生活，谁也猜不透花茉莉为什么要跟比自己无论各方面都要优越的、面目清秀、年轻有为、在县政府当副科长的丈夫离婚。人们起初怀疑是那个小白脸副科长另有新欢，可后来得知小白脸副科长对花茉莉一往情深，花茉莉提出离婚时，他的眼泡都哭肿了。镇上那些消息灵通的人士虽想千方百计地打听到一些男女隐私桃色新闻一类的东西，但到底是徒劳无功。据说，花茉莉提出离婚的唯一理由是因为"副科长像皇帝爱妃子一样爱着她"。这句话太深奥了，其中包含的学

问马桑镇上没有什么人能说清楚。泼皮三斜在那些日子
里则充分发挥了他的想象力，把茉莉花酒店女老板描绘
成了民间传说中的武则天一样淫荡的女人，并抱着这种
一厢情愿的幻想，到茉莉花酒店里去伸鼻子，但每次除
了挨顿臭骂之外，并无别的收获。

　　花茉莉一开灯，就被小瞎子那不凡的相貌触动了灵
魂。他有着一个苍白凸出的前额，使那两只没有光彩的
眼睛显得幽邃静穆；他有着两扇大得出奇的耳轮，那两
扇耳轮具有无限蓬勃的生命力，敏感而灵性，以至于每
一个细微的声响都会使它们轻轻颤动。

　　花茉莉在吃喝上从不亏待自己，她给小瞎子准备的
夜餐也是丰富无比，有香嫩的小烧鸡和焦黄的炸河虾，
还有一碟子麻酱拌黄瓜条，饭是那种细如银丝的精粉挂
面。吃饭之前，花茉莉倒了一杯黄酒递给小瞎子。

　　"你喝了这杯黄酒吧。"

　　"大姐，我从来不喝酒。"

　　"不要紧，这酒能活血舒筋，度数很低。"

　　小瞎子沉思片刻，端起酒来一饮而尽。然后便开始
吃饭。小瞎子食欲很好，他大嚼大咽，没有半点矫揉造
作，随便中透出几分潇洒的气派来。花茉莉目不转睛地

盯着他，她的心中一时充满了甜蜜的柔情。

花茉莉把小瞎子安置在东套间里，自己睡在西套间。临睡前，她坐在床上沉思了约有一刻钟，然后"啪"一声拉灭灯。

这时，河堤上的三斜才一路歪斜地滚下堤去。

第二天，马桑镇上正逢集日。早晨，温暖的紫红朝霞里掺着几抹玫瑰色的光辉。一大早，麻石街上就人流如蚁，高高低低的叫卖声不绝于耳。瘸子方六、秃子黄眼和麻子杜双的买卖都早已开张，黄眼在饭铺门前支上了油条锅，一股股香气弥漫在清晨的麻石街上，撩动着人们的食欲。然而，往日买卖兴隆的茉莉花酒店却大门紧闭，悄然无声。在以往的集日里，花茉莉是十分活跃的，她把清脆的嗓子一亮，半条街都能听到，今日里缺了她这声音，麻石街上就显得有些冷冷清清。炸着油条的黄眼，提壶续水的方六，以及正在给顾客称着盐巴的杜双都不时地将疑问的目光向茉莉花酒店投去。他们都显得心事重重，焦虑不安，一种莫名其妙的情绪噬啮着他们的神经。

三斜肿着眼泡在集市转了一遭。在黄眼铺子前，他顺手牵走了一根油条，然后诡诈地笑笑，附在黄眼耳朵上说了一通鬼话。黄眼呆呆地瞪着眼，把油条糊在锅里。三斜看着他的呆相，趁便又抓了一把油条，溜走了。在方六茶馆里，杜双小店里，他又故技重演，获得了物质与精神上的双丰收后，便跑到不知哪个角落里去了，麻石街上一整天没看到他的影子。

一个惊人的消息在小镇上迅速传开。不等集市散场，全镇人都知道了花茉莉昨天夜里将一个小瞎子领到家里留宿。据说，花茉莉与小瞎子睡在一张床上，花茉莉搂着小瞎子"吧唧吧唧"的亲嘴声，站在八隆河大堤都听得清清楚楚……

已经开始有一些女人鬼鬼祟祟地将脸贴在茉莉花酒店的门缝上向店里张望。但花茉莉家是六间房分两排，前三间是酒店的操作间、柜台、客座，后排三间是花茉莉的住室。两排房子用两道高墙连起来，形成了一个十分严密的二合院。因此，趴在酒店大门缝上往里张望，看到的只是一些板凳桌子，院子里的情景被墙壁和后门遮掩得严严实实。不死心的女人又绕到院墙外边去找机会，但院墙很高，青天白日扒人家墙头又毫无道理，因而，只有蹲在墙根听些动静。院子里传出辘轳绞水的"吱哟"声和涮洗衣服的"咕唧"声。

整整一天，茉莉花酒店大门紧闭，花茉莉一直没有露面。黄昏时分，流言蜚语更加泛滥开来，马桑镇上的人们精神上遭受着空前的折磨。一个男人住在一个女人家里，人们并不十分认为这是一件多么大的丑闻，折磨他们的主要是这件谜一般的事情所撩动起来的强烈好奇心。试想，一个风姿绰约的女人，把一个肮脏邋遢的小瞎子留在家中已经一天一夜，这件事该有多么样的荒诞不经。

后来，有几个聪明的人恍然大悟地爬上了八隆河大堤往花茉莉院子里张望，他们看到，在苍茫的暮色中，花茉莉步伐轻松地收着晾晒的衣服，那个小瞎子踪影不见。

当然，对这席卷全镇的流言蜚语，也有不少人持怀疑批判态度，他们并不相信在花茉莉和小瞎子之间会发生暧昧的事情。像花茉莉这样一个心高性傲的女人，一般的男子都被她瞧不起，难以设想一个猥琐的小瞎子竟会在短短的时间里唤起她心中的温情。然而，他们也无法否认，茉莉花小酒店里也许正在酝酿着一件不平凡的事情，这种预感强烈地攫住了人们的心。

晚风徐徐吹动，夜幕悄然降临。花茉莉当然不会再来八隆河堤上放风，但大堤上却汇集了几十个关心着茉莉花酒店的人。昨晚上的四个人都在，他们已经数十次地讲述昨晚的经历，甚至为一些细节譬如小瞎子身上布袋的数目和形状、小瞎子个头的高低以及手中竹竿的长度争论得面红耳赤。人们终于听腻了他们的故事，便一齐沉默起来。这天晚上半阴半晴，天空浮游着一块块奇形怪状的云团。月亮忽而钻进云团，忽而又从云团里钻出来。大堤上时而明朗，时而晦暗，大堤上的人们时而明白，时而糊涂。不时有栖鸟在枝头"扑棱"几声。槐花香也愈加浓烈。堤上的人们仿佛沉入了一个悠长的大梦之中。

　　时间飞快地流逝着，不觉已是半夜光景。堤上的人们身上发冷，眼皮沉重，已经有人开始往堤下走去。就在这时候，花茉莉住室的房门打开了。两个人影，一高一低——苗条丰满的花茉莉和小巧玲珑的小瞎子走到院子里来，花茉莉摆好了她平常坐的折叠椅，招呼着小瞎子坐上去，自己则坐在一把低矮的小凳上，双手支颐，面对着小瞎子。人们都大睁开惊愕的眼睛，注视着这一对男女。大堤上异常安静，连一直喋喋不休的三斜也闭住了嘴巴。八隆河清脆细微的流水声从人们耳畔流过，间或有几只青蛙"嘎嘎"叫几声，然后又是寂静。突然，从院子里响起了一种马桑镇居民多少年没听过的声音，这是小瞎子在吹箫！那最初吹出的几声像是一个少妇深沉而轻软的叹息，接着，叹息声变成了委婉曲折的呜咽，呜咽声像八隆河水与天上的流云一样舒展从容，这声音逐渐低落，仿佛沉入了悲哀的无边大海……忽而，凄楚婉转一变又为悲壮苍凉，声音也愈来愈大，仿佛有滔滔洪水奔涌而来，堤上人的感情在音乐的波浪中起伏。这时，瘸子方六仰着脸，眼睛似闭非闭；黄眼把头低垂着，"呼哧呼哧"喘着粗气；麻子杜双手捂着眼睛；三斜的眼睛睁得比平时大了一倍……箫声愈加苍凉，竟有穿云裂石之声。这声音有力地拨动着最纤细最柔和的人心之弦，使人们沉浸在一种迷离恍惚的感觉之中。

箫声停止了，袅袅余音萦回不绝。人们怀着一种甜蜜的惆怅，悄悄地走下堤去，消失在小镇的四面八方。

一夜过去，淅淅沥沥地下起雨来，人们无法下地干活，便不约而同地聚拢到小镇的"商业中心"消磨时光。而一大清早，茉莉花酒店就店门大开，花茉莉容光焕发地当垆卖酒，柜台里摆着几十只油汪汪的烧鸡和几十盘深红色的油氽花生米，小酒店里香气扑鼻，几十个座位很快就坐满了。人们多半怀着鬼胎，买上两毛钱的酒和二两花生米慢慢啜着，嚼着，眼睛却瞥着花茉莉。花茉莉仿佛全无觉察，毫不吝啬地将她的满面笑容奉献给每一个注视着她的人。

终于，有个人熬不住了，他走上前去，吞吞吐吐地说："花大姐……"

"怎么？来只烧鸡？"

"不，不……"

"怕你老婆罚你跪是不？男子汉大丈夫，连只小烧鸡都不敢吃，窝囊！那些票子放久了要发霉的！"

"来只就来只！花大姐，别把人看扁了。"

"好！这才是男子汉的气魄。"

花茉莉夹过一只鸡往小台秤上一放，麻利地约约斤两，随口报出钱数："二斤七两，四块零五分，五分钱饶你，给四块钱。"

那人付了钱，却不拿鸡离开，他很硬气地说道："花大姐，听说你家来了个吹箫的，能不能请出来让俺们见识见识？"

"花大姐，把你的可心人小宝贝请出来让爷们看看，捂在被窝里也会发霉的。"不知什么时候钻进酒店的三斜阴阳怪气地说。

花茉莉满脸通红，两道细眉竖了起来，这是她激怒的象征。人们生怕她冲出柜台把三斜用刀劈了，便一齐好言劝解，花茉莉这才渐渐平静下来。

那买鸡汉子又说："花大姐，俺们被他的箫声给迷住了，你让他给乡亲们吹一段，咱请他吃顿烧鸡。"

　　花茉莉慢腾腾地用毛巾擦净油腻的手，意味深长地点点头，便向后屋走去。好大一会儿，她才牵着小瞎子的手，穿过飘落着细雨的小院，来到酒客们面前。

　　三斜惊异地发现，小瞎子已经完全不是前天晚上那副埋汰样子了。他浑身上下的衣服洗得干干净净，熨得平平展展，头发梳理得蓬松而不紊乱，好像还涂了一层薄薄的发蜡。

　　马桑镇上的人从来没有见过如此体面的瞎子。

　　小瞎子优雅地对着众人鞠了一躬，用悦耳的男中音说："我是半路眼瞎，学习民乐是瞎眼之后开始的，时间还不长，勉强会几个曲子，不像样。不过乡亲们一片盛情难却，我也就不避谫陋，甘愿献丑。只是那洞箫要在月夜呜咽，方显得意境幽远，情景交融。白天吹箫，当然也可，但意趣就差多了。幸而本人还可拉儿下二胡，就以此谢乡亲们一片真情吧！"

　　这一番话说得温文尔雅，更显得小瞎子来历不凡。早有人搬过来一只方凳，小瞎子端坐下来，调了调弦，屏住呼吸默想片刻，便以极其舒缓的动作运起弓来，曲子轻松明丽，细腻多情，仿佛春暖花开的三月里柔媚的轻风吹拂着人们的脸庞。年轻的可以从曲子里想象到缱绻缠绵的温存，年老的可以从曲子里回忆起如梦如烟的往事，总之是有一股甜蜜的感觉在人们心中融化。人们忘了天，忘了地，忘了一切烦恼与忧愁。花茉莉俯身在柜台上，双手捧着腮，眼睛迷离着，面色如桃花般鲜艳。后来，小瞎子眼前幻化出枯树寒鸦，古寺疏钟，平沙落雁，残月似弓，那曲子也就悲怆起来，马桑镇的听众们突然想起苍茫的深秋原野与在秋风中瑟瑟发抖的槐树枯枝……小瞎子的二胡又拉出了几个波澜起伏的旋律之后，人们的思维就被音乐俘虏，他们的心随着小瞎子的手指与马尾弓子跳跃……

一曲终了，小瞎子端坐不动，微闭着黯淡无光的眼睛，额头白得像纸一样，两只大得出奇的耳朵神经质地抖动着。每一个人的眼睛都潮湿起来，花茉莉则将两滴泪珠挂在长长的睫毛上，她面色苍白，凝目痴望着麻石街上的蒙蒙细雨。

当小瞎子的二胡拉响时，方六茶馆、黄眼饭铺、杜双小卖部里的顾客就像铁屑寻找磁石一样跑进了酒店。窄窄的麻石街上阒无人迹。雨丝落到麻石板上，溅起小小的银色水珠。偶尔有几只羽毛蓬松的家燕掠着水汪飞过去。间或一阵风起，八隆河堤上开始凋谢的槐花瓣儿纷纷跌落在街道上。方六、黄眼、杜双都寂寞地坐在门口，目光呆滞地瞅着挤满人的酒店，谁也猜不透他们心里想的是什么。

自从下雨那天小瞎子再次大展奇才后，镇上那些污言秽语便销声匿迹了。连那些好奇心极重、专以搬弄口舌为乐的娘儿们也不去议论小瞎子与花茉莉之间是否有风流韵事。因为这些娘儿们在最近的日子里也都有幸聆听了小瞎子魅力无穷的音乐，小瞎子魔鬼般地拨动着她们的柔情，使她们一个个眼泪汪汪，如怨如慕。一句话，小瞎子已经成了马桑镇上一个神秘莫测高不可攀的人物，人们欣赏畸形与缺陷的邪恶感情已经不知不觉地被净化了。

在这些日子里，八隆公路的路胎已被隆隆的压路机压得十分坚硬，铺敷路面的工程开始了。一批从农村临时抽调的铺路工驻进了马桑镇，马桑镇上，整天都可听到镇后公路上铺路工粗犷的笑骂声，空气中弥漫着熔化沥青的刺鼻臭味。到了晚上，铺路工们把整个镇子吵得鸡飞狗叫，喧嚷异常。这帮子铺路工多半是正处在精力过剩阶段的毛头小伙，腰里又有票子，于是在晚饭后便成群结队地在街上瞎逛，善于做买卖的"商业中心"主人们，便一改黑天关门的旧俗，把主要精力放到做夜市上来。花茉莉当然不会错过这赚钱的良机，她买卖不错，小酒店每晚上都满座，每天烧二十只鸡，一会儿就被抢光。

在夜市乍开的一段时间里，"商业中心"的其他三家主儿生意也是不错的。方六、黄眼也开始兼营酒菜，酒的质量与菜的味道也不比茉莉花酒店差，因此，每天晚上他们的客座上也几乎是满的。后来，局面却发生了根本性的变化。原因是在一天晚上，俏丽的茉莉花酒店主人正在明亮的柜台里做着买卖的时候，从幽静的后院里石破天惊般地响起了琵琶声。小瞎子独坐梧桐树下，推拉吟揉，划拨扣扫，奏出了银瓶乍裂、铁骑突出、珠落玉盘、间关莺语般的乐章。从此，茉莉花酒店生意空前兴隆，花茉莉不得不在后院拉起大灯泡，露天摆起桌子，或者干脆打地摊，以容纳热心的听众兼酒徒。而小瞎子也施展开了他的十八般武艺，将他的洞箫、横笛、琵琶、二胡、唢呐通通从布袋里拿出来，轮番演奏，每夜都要闹腾到十二点才睡。几十个有一点音乐细胞的小伙子，就连中午休息那一点时间也要跑到茉莉花酒店来，听小瞎子讲几段乐理，讲几个譬如《阳春白雪》、《大浪淘沙》之类的古曲。

与此同时，茉莉花酒店的营业额直线上升，麻子杜双小卖部积压日久的三百瓶白酒被花茉莉连箱搬过，也不过维持了半个月光景，杜双赶紧又去县城进了五百瓶白酒，又被茉莉花一下趸了过来。顾客们对花茉莉的烧鸡、油氽花生也是大加赞赏，花茉莉白日里马不停蹄地忙碌一天，到晚上还是供不应求。

铺路工已经在镇上住了两个月，虽然他们的工作点离小镇越来越远，很有搬迁的必要了，但他们得拖就拖，多跑点路也心甘情愿。

现在该回过头来说一说爱情这个永恒的主题了。究竟是什么原因促使花茉莉甘冒流言蜚语败坏声誉的危险收留下小瞎子的呢？这在当时确实是一个谜，只是当有一天晚上茉莉花酒店关门挂锁，花茉莉与小瞎子双双匿迹之后，马桑镇的人们才省悟到这是出于爱情的力量。

像花茉莉这样一个泼辣漂亮决不肯依附别人的女人，常常会突如其来地做出一些连她自己都会感到吃惊的决定。当然，这些决定更令旁观者瞠目结舌。譬如她与前夫的离婚就是这样。那天晚上，当她领着小瞎子走下河堤时，是否就爱上了他呢？这个问题谁也说不清。不过根据常理分析，促使她那样做的恐怕主要是同情心和恻隐心；假如这个分析是对的，那么这种同情、恻隐之心是怎样发展何时发展成为爱情的呢？这个问题我想就不必解释了。反正，她被一种力量彻底改造了确是无疑的。从前的花茉莉是令人望而生畏的，她风流刻薄，伶牙俐齿，工于心计，常常想出一些刁钻古怪的主意整治那些得罪了她的人。连她的笑容，也是令人不寒而栗的。自从小瞎子进店之后，花茉莉的笑容才真正带出了女人的温情，她微微斜视的眼睛里消失了嘲弄人的意味，连说话的调门也经常降低一个八度。对待顾客是这样，而她对待小瞎子的态度，更是能把三斜之流的人物折磨得神经错乱。当一天的紧张劳动结束后，她常常和小瞎子在院子里对面而坐，眼睛紧盯着他，半天也不说一句话。小瞎子的脸尤其是那两只充满感情色彩的大耳朵使她心旌摇荡。小瞎子对花茉莉来说，好像是挂在八月枝头上一颗成熟的果子，她随时都可以把它摘下来一口吞掉。然而她不愿意这样做。她更愿意看着这颗果子挂在枝头闪烁诱人的光彩，她欣赏着这颗果子并且耐心地等待着，一直等到这颗熟透的果子散发着扑鼻的清香自动向地面降落时，她再伸手把它接住。那么，现在最重要的任务就是要保护这颗果子，以免落入他人之手。

　　修筑八隆公路的筑路工们，终于不得不卷起铺盖搬家了。他们的施工点已距马桑镇二十华里，再这样来回跑势必大大窝工，因此，筑路队领导下了强制性命令。

　　筑路工走了，但开了头的马桑镇"商业中心"夜市却继续了下来。镇上劳动了一天的人们并不想吃过晚饭倒头就睡，他们需要精神上的安慰与享受，他们需要音乐。当然，从收音机里也可以听到音乐，但那与小瞎子的演奏简直不能比。虽然小瞎子能够演奏的乐曲他们都已听过，但这些曲子他们百听不厌，每听一遍都使他们感叹、唏嘘不止。对此，小瞎子开始良心不安起来，演奏前，他总是满面羞愧地说："这怎么好意思，老是这几个曲子……我的脑子空空了，我需要补充，我要去搜集新的东西……"然而，那些他的崇拜者却安慰道："兄弟，你别犯傻，到哪儿去？到哪儿去找花大姐这样一个女菩萨？再说，你会的这些曲子就尽够俺们享用了，好东西百听不厌。就像花大姐卖的烧酒，俺们天天喝，从来没烦过，每一次喝都那么上劲，一口下去，浑身舒坦，你这些曲子呀，嗨嗨，就跟花大姐的烧酒一样……"当听到酒徒们把自己的音乐与花大姐的烧酒相提并论时，小瞎子的脸变得十分难看，他的两扇大耳朵扭动着，仿佛两个生命在痛苦地呻吟。那晚上的演奏也极不成功，拉出的曲子像掺了沙子的米饭难以入口一样难以入耳。

　　时间飞驰前进，不觉已是农历八月尽头。秋风把成熟的气息从田野里吹来，马桑镇四周的旷野上，青翠的绿色已逐渐被苍褐的黄色代替。八隆河堤上的槐叶滴溜溜地打着旋飘落，飘落在河中便起伏伏地顺水流去。自从那次失败的演出之后，小瞎子仿佛添了心事，他的饭量大减，有时还呆坐着发愣。花茉莉施出全副本领为他改善伙食。为了替他解闷，还经常拉着他的手到八隆河堤上散步。当她和他漫步大堤时，镇上的一些娘儿们就指指点点地说："瞧啊，这是多么般配的一对！小瞎子胜过副科长一百倍哩……"听到这些议论，花茉莉总是心满意足地笑着，脸上浮现出痴迷迷的神情；但小瞎子却往往变得惶惶不安起来，赶紧找上个借口让花茉莉领他回家。

　　九月初头，马桑镇后县里兴建的榨糖厂、帆布厂厂房建成，不几天，就有成群的卡车满载着机器沿着新修的八隆公路开来，随着机器的到来，大群的工人也来了。这对于马桑镇"商业中心"来说，无疑是一个重大的喜讯。还有更加惊人的消息呢，据说，马桑镇周围的地层下，蕴藏着丰富的石油，不久就要派钻井队来开采，只要这里变成大油田，那小小的马桑镇，很可能就是未来的马桑市的前身……对于这些，花茉莉做出了快速反应，她到县木器厂订购了一批桌椅，又购了一批砖瓦木料，准备在院子里盖一个简易大餐厅，进一步扩大经营规模，她还托人去上海给瞎子买花呢西服黑皮鞋——这是为小瞎子晚上演奏准备的礼服。最后，她请镇上最有名的书法家写了一块"茉莉花音乐酒家"的匾额，高高地挂在了瓦檐之下。宏伟的计划使花茉莉生动的面孔闪烁着魅人的光彩。她毫无保留地把自己的计划说给小瞎子听，语言中已经不分你我，一概以我们称之。小瞎子对花茉莉的计划感到惊叹不已，认为这个女人确实不简单。而听到自己将在这个安乐窝里永远充当乐师时，他的脸上出现了踌躇不快的神情。花茉莉推他一把，娇嗔道："瞧你这个人，又犯哪家子愁！你说，你还有什么事不顺心……"

关于马桑镇光辉前景的传说，自然也在方、黄、杜三人心中激起了波澜，他们看到花茉莉一系列轰轰烈烈的举动，尤其是看到那块"茉莉花音乐酒家"大匾额，心里酸溜溜的不是滋味。他们自信本事都不在花茉莉之下，而花茉莉能够如此猖獗，挤得他们生意萧条，实在是借助了小瞎子的力量。至此，他们不由得都后悔当初没把小瞎子领回家中，而让花茉莉捡了个便宜。据麻子杜双计算，四个月来，花茉莉少说也净赚了三千元，而小瞎子仅仅是吃点鸡杂碎。这小瞎子简直就是棵摇钱树，而一旦马桑镇上机器轰鸣起来，这棵摇钱树更将大显神通，这个女人不久就会成为十万元户主的。

这天下午，方、黄、杜聚在茶馆里谈论这件事情。方六建议三人一起去跟花茉莉公开谈判。杜双起初犹豫不决，生怕得罪了花茉莉无法处理积压白酒，但又一想，去探探口风，伺机行事，料也无妨，也免得得罪方、黄，于是就答应了。

三人商议停当，便跨过麻石街，走进了"茉莉花音乐酒家"。正是农忙季节，店里没有顾客。花茉莉正在灶上忙着，为晚上的营业做准备。一看到方、黄、杜到，她连忙停下活儿相迎。她一边敬烟一边问："三位掌柜屈驾光临，小店增辉哪！不知三位老哥哥有啥吩咐！"

"花大姐，"方六捻着老鼠胡子说，"你这四个月，可是大发了！"

"那也比不上您呐，方掌柜！"

"嘻嘻，花大姐挤兑人喽，俺这三家捆在一起也没有您粗呐！"

"花大姐，"黄眼道，"您这全沾了小瞎子的光哟！"

"此话不假。"花茉莉撇撇嘴，挑战似的说。

"花大姐，您看是不是这样，让小瞎子在咱们四家轮流坐庄，要不，您这边丝竹一响，俺那边空了店堂。"方六说。

"什么？哈哈哈……真是好主意，亏你们想得出，想把人从我这儿挖走？明告你们吧，没门！"

"花大姐，说实话难听——这小瞎子可是咱四个人一块发现的，你不能独占花魁哪！"

"放屁！"花茉莉柳眉倒竖，骂了一声，"想起那天晚上，你们三个人支支吾吾，一个个滑得赛过泥鳅，生怕他腌了你们那臭店，连个宿都不留。是我把他领回家中，热酒热饭招待。这会儿看他有用处了，又想来争，怎么好意思张你们那张臭嘴！呸！"

"花大姐，说话别那么难听。俗话说：'有饭大家吃，有钱大家赚。'好说好商量，撕破了脸子你也不好看。"

"你能怎么着我姑奶奶？"

"花大姐，你与小瞎子非亲非故，留他长住家中，有伤风化。再说，现如今是社会主义，不兴剥削劳动力，你让小瞎子为你赚钱，却分文不给他，这明明就是剥削，法律不允许……"

"你怎么知道我跟他非亲非故？"

"难道你真想嫁给他不成？"

"我就是要嫁给他！我马上就去跟他登记结婚。他是我的男人，我们两口子开个夫妻店，不算剥削了吧？你们还有什么屁放？"

"我每月出一百元雇他！"

"我出二百！"

"滚你们的蛋吧，一千我也不卖！"

花茉莉干净利索地骂走了方、黄、杜，独自一人站在店堂里生气。她万没想到，三个老滑头竟想把熟透的果子摘走。是时候了，该跟小瞎子挑明了。

她顾不得干活了，一把撕下围裙，推开了虚掩着的后门。

她愣住了。

小瞎子直挺挺地站在门外，像哲学家一样苦思冥想，明净光洁的额头上竟出现了一道深深的皱纹。

他那两只耳朵，两只洞察秋毫之末的耳朵，在可怕地扭动着。

好戏就要开场。

"你全听到了？"

小瞎子点点头。

花茉莉一下子把他紧紧搂在怀里，用火热的双唇亲吻着那两只大耳朵，嘴里喃喃地说着："我的好人儿，果子熟了，该摘了……"

小瞎子坚决地从花茉莉怀里挣脱出来，他的嘴唇哆嗦着，呜呜咽咽地哭起来。

"好人儿，你把我的心哭碎了，"花茉莉掏出手绢揩着他的泪水，"咱们结婚吧……"

"不、不、不！"小瞎子猛地昂起头，斩钉截铁地说。

"为什么？！"

"不知道……"

"难道我配不上你？难道我有什么地方对不起你？我的小瞎子……你看不见我，你可以伸手摸摸我，从头顶摸到脚后跟，你摸我身上可有半个疤？可有半个麻？自从你进了我的家门，你可曾受了半点委屈？我是一个女人，我想男人，但我不愿想那些乌七八糟的男人，我天天找啊，寻啊，终于，你像个梦一样地来了，第一眼看到你，我就想，这就是我的男人，我的亲人，你是老天给我的宝贝……我早就想把一切都给了你，可是我又怕强扭的瓜不甜，我怕浇水多了反把小芽芽淹死，我等啊等啊，一点一点地爱着你，可你，竟是这般绝情……"花茉莉哽咽起来。

"花大姐，你很美——这我早就听出来了，不是你配不上我，而是我配不上你。你对我的一片深情，我永远刻在心上，可是……我该走了……我一定要走了……我这就走……"

小瞎子摸摸索索地收拾行李去了。花茉莉跟进屋，看着他把大小口袋披挂上身，心里疼痛难忍，眼前一黑，便晕了过去。

等花茉莉醒来时，小瞎子已经走了。

当天晚上，茉莉花音乐酒家一片漆黑。借着朦胧的月光，人们看到酒家大门上挂着一把大铁锁，谁也不知道发生了什么事。三斜在人堆里神秘地说，傍黑时，他亲眼看见小瞎子沿着河堤向西走了，不久，又看到花茉莉沿着河堤向西追去。追上了没有呢？不知道。最后结局呢？

……

八隆公路从马桑镇后一直向东延伸着，新铺敷的路面像镜子一样泛着光。如果从马桑镇后沿着公路一直往东走出四十里，我们就会重新见到那帮子铺路工，马桑镇的老朋友。他们的沥青锅依然散发着刺鼻的臭气，他们劳动时粗鲁的笑骂依然是那么优美动听。

这天中午，十月的太阳毫不留情地抚摸着大地，抚摸着躺在八隆公路道沟里休息的铺路工们。西南风懒洋洋地吹过来，卷起一股股弥漫的尘土，气氛沉闷得令人窒息。忽然，一个嘶哑的嗓子哼起了一支曲子，这支曲子是那样耳熟，那样撩人心弦。过了一会儿，几十个嗓子一起哼起来。又过了一会儿，所有的嗓子一齐哼起来。在金灿灿的阳光下，他们哼了一支曲子又哼另一支曲子。这些曲子有的高亢，有的低沉，有的阴郁，有的明朗。这就是民间的音乐吗？这民间音乐不断膨胀着，到后来，声音已仿佛不是出自铺路工之口，而是来自无比深厚凝重的莽莽大地。

（一九八三年一月）

三　匹　马

　　小镇新近开拓加宽还没来得及铺敷沥青的大街上空空阔阔，没有一个活物在行走。六月的毒日头火辣辣地烘烤着大地，黄土路面在阳光下反射着刺目的褐色光芒。空气又黏又烫，到处都眩目，到处都憋闷。小镇被酷暑折磨得灰溜溜的，没有了往常那股子人欢牛叫的生气。十几个汉子穿着裤衩子，趿着拖鞋，半躺在新近从城里兴过来的尼龙布躺椅上，在镇西头树荫里闲聊。一个挺俊俏的小媳妇儿在当街的一个小院里的一棵马缨树下愁眉苦脸地坐着。树下草席上睡着一个女孩。几只老母鸡趴在墙根下的脏土里，夆着翅膀喘气。镇东几里远有一条小河，河水又浑又热，十几个鼻涕英雄在洗澡掏螃蟹。他们剃着清一色的光葫芦头，身上糊满了黄泥巴。大街笔直地从镇上钻出来，就变成大路，延伸到辽阔的原野里。大路两旁是绿油油的玉米，玉米长得像树林一样密不透风。在小镇与田野的边缘，有几十间蓝瓦青砖平房，一个绿漆脱落、锈迹斑斑的大铁门，大门口直挺挺地立着一个全副武装的士兵，隔老远就能看到他那满脸汗珠儿。哨兵站的位置极好，向东一望，他看到海洋一样的青纱帐和土黄色的大路；向南一望，他看到远处黛青色的山峦；向西一望，就是这条凹凸不平但很是宽阔的大街。

　　就在镇子西头躺在老柳树下躺椅上的十几个男人热得心烦意乱、闲得百无聊赖、不知如何度过这漫长的晌午头的时候，一辆杏黄色的胶皮轱辘大车，由三匹毛色新鲜、浑身蜡光的高头大马拉着"呼呼隆隆"地进了小镇。赶车的是个三十七八岁的车轴汉子，他满腮黑胡茬子，头上斜扣着一顶破草帽，帽檐儿软不拉塌地耷拉着，遮住了他半边脸，桀骜不驯的乱发从破草帽顶上钻出来。他走起路稍稍有点罗圈，但步伐干净利落，脚像铁抓钩似的抓着地面。他骨节粗大的手里捏着一杆扎着红缨的竹节大挑鞭，鞭梢是用生小牛皮割成的，又细又柔韧。这样的鞭梢像刀子一样锋利，可以齐齐地斩断一棵直挺挺地立着的玉米呢。这个人迈着罗圈腿快步疾行在车左侧，大挑鞭在空中抡个半圆，挫出一个很脆的响，鞭声一波催一波在小镇上荡漾开去。十二只挂着铁钉的马蹄刨着路面，腾起一团团灰尘。满载着日用百货的马车引人注目地冲进小镇，使树阴下的男人一下来了精神。

"刘起，原来是你小子！火爆爆的大晌午头儿，干啥去了？"一个中年汉子从躺椅上欠起身来，大声招呼着赶车的汉子。

"黄四哥，好长时间没瞅着你，自在起来了，躺在这儿晾翅呐。"刘起喝住牲口，回答着发问的中年人。

"大热天的，过来吃袋烟，喘口气，凉快凉快再走。"

"可我的马呢？这新买的三匹马……"

"这是新买的马？三匹大马，还有这挂车？咦，小子，神气起来喽。"黄四惊诧地站起来说，"快把车赶过来，让你的马歇歇，咱也见识见识这三匹龙驹。"

刘起拖着悠长洪亮的嗓门轰着马，把车弯到树阴下。他支起车架，减轻了辕马的重负，又撑起草料笸箩倒上草料，再到压水井边压上桶凉水，自己先"咕咚咕咚"灌了一阵，然后，"哗"，倒进笸箩，拌匀了草料，便走进人堆里，从破破烂烂的褂子里抠索出一包带锡纸的烟来，慷慨大方地散了一圈。几个男人站起来，围到马车前，转着圈儿端详那三匹马。

"好马！"

"真是好马！"

刘起眯缝着一只眼睛，另一只眼睛圆睁着，左手两个指头夹着烟卷儿，右手抓着破草帽向胸膛里扇着风，满脸洋洋之气。他瞅着自己的三匹马，眼睛一会儿变大一会儿变小，目光迷离恍惚又温柔。好马！那还用你们说，要不我这二十年车算白赶了，他想。我刘起十五岁上就挑着杆儿赶车，那时我还没有鞭杆高。几十年来，尽使唤了些瘸腿骡子瞎眼马，想都没敢想能拴上这样一挂体面车，车上套着这样漂亮健壮、看着就让人长精神头儿的马。您看看那匹在里手拉着梢儿的栗色小儿马蛋子，浑身没一根杂毛，颜色像煮熟了的老栗子壳，紫勾勾地亮。那两只耳朵，利刀削断的竹节儿似的。那透着英灵气的大眼，像两盏电灯泡儿。还有秤钩般的腿儿，酒盅般的蹄儿，天生一副龙驹相。这马才"没牙"，十七八岁的毛头小伙子，个儿还没长够哩。外手那匹拉梢儿的枣红小骒马，油光水滑的膘儿，姑娘似的眉眼儿，连嘴唇都像五月的樱桃一样汪汪地鲜红。黑辕马还能给我挑出一根刺儿？不是日本马和伊犁马的杂种，也是蒙古马和河南马的后代，山大柴广的个头儿，黑森森的像棵松。也说是我刘起的运气，做梦也不敢想能在集市上买上这样三匹马。老天爷成全咱，这三匹宝贝与咱有缘分。三匹马，一挂车，花了老子八千块。为了攒钱买这马，我把老婆都气跑了。我刘起已经光棍了一年多，衣服破了没人补，饭凉了没人热，我图的什么？图的就是这个气派。天底下的职业，没有比咱车把式更气派的了。车轴般的汉子，黑乎乎的像半截黑铁塔，腰里扎根蓝包袱皮，敞着半个怀，露出当胸两块疙瘩肉，响鞭儿一摇，小曲儿一哼，车辕杆上一坐，马儿跑得"嗒嗒"的，车轮拖着一溜烟，要多潇洒有多潇洒，要多麻溜有多麻溜……娘儿们呐，毛长见识短，就为着这么点事你就拍拍腚尖抱着女儿牵着儿子跑回娘家，一走就是一年，什么玩意儿！今儿个老子把车赶回来了，就停在你娘家大门口向西一拐弯儿，不信你不回心转意，找着我也算你的福气。

"行喽！刘起，这几年政策好了，你马是龙马，车是宝车，你这会儿算是可了心喽。"

"有什么可心的？"刘起悲凉地长叹一声说，"我老婆不懂我的心，三天两头跟我闹饥荒，我揍了她一顿，她寻死觅活地要跟我离婚，我不答应，她拾掇拾掇，一颠腚跑回娘家，不回来了。自古以来的老规矩，'老婆是汉子的马，愿意骑就骑，愿意打就打'，他妈的她骑也不让骑，打也不让打。"

"刘起，你那规矩早过时了，现如今反过来了，她要骑你呐。"黄四逗笑地说。

"刘起哥，你也真是，那么嫩的娘们怎么舍得打？大嫂子那天在屋里擦背，我趴着后窗一溜，吸得我眼珠儿都不会转了。老天爷，白生生的，粉团一样……要是我，天天跪着给她啃脚后跟也行。"镇里有名的闲汉金哥挤眉弄眼地说着。

刘起眼里像要沁出血来。他一步蹿到金哥面前，铁钳一般的手指卡住他细细的后脖颈，老鹰抓小鸡般地提拎起来，一下子摔出几步远。金哥打了一个滚爬起来，揉着脖颈骂："刘起，你姥姥的，吃柿子专拣软的捏。你老婆在娘家偷汉子哩，青天大白日和镇东头当兵的钻玉米地……你当了乌龟王八绿帽子，还在这儿充好汉。"

刘起抄起大鞭子冲上前去，金哥像兔子一样拐弯抹角地跑了。看看刘起不真追，他又停住脚，龇着牙说："刘起大哥，兄弟不骗你，自打嫂子跑回娘家，兄弟就瞅着她哩，你要离婚就快点，别占着茅坑不屙屎。告你说吧，结过婚的娘们，就像闹栏的马，一拍屁股就翘尾巴呢。"

"金哥！"一个花白胡子呵斥着，"你也扔了三十数四十啦，嘴巴子脏得像个马圈，快回家去洗洗那张臭嘴，别在这儿给你爹丢人。"

花白胡子骂退金哥，走到刘起面前，拍拍他的肩膀，劝道："年小的，去给你媳妇认个错，领回家好好过日子吧，马再灵性也是马哟。"

"刘起，弟妹来镇上也快一年了，一开春你老丈母娘和小姨子就到黑龙江看闺女去了，听说老太太在那儿病了，回不来了，两个人的地扔给弟妹种着，一个女人家，带着俩孩子，天天闲言碎语的，顶着屎盆子过日子，要真是寡妇也罢了，可你们……林子大了，什么鸟也有啊，兄弟！"黄四同情地说。

刘起像霜打了的瓜秧，无精打采地垂下头，嘴里唠叨着："这个臭婆娘，还是欠揍，我一顿鞭子抽得你满地摸草，抽得你跪着叫爹，你才知道我刘起是老虎下山不吃素的。"

"行了，后生，别在这儿嘴硬了。汉子给老婆下跪，现如今不算丑事，大时兴咧。我那儿子天天给他媳妇梳头扎辫子哩。"

众人一齐大笑起来。黄四说："车马放在这儿，我替你照应着，你媳妇兴许早就听到你这破锣嗓子了，这会儿没准正把着门缝望你哩。"黄四对着镇子中央临街小院努了努嘴。

刘起抓挠了几下脖子，干笑了几声，脸上一道白一道红的，蹑蹑蹭蹭地往老丈人家挪步。

他轻轻地敲那两扇紧闭着的小门。小院里鸦雀无声。他又敲门，屏息细听，院里传来女孩的咿呀声。"柱子他娘，开门。"他拿捏着半条嗓子叫了一声，声音沉闷得像老牛在吼。院里没人理他。他把油汗泥污的脸贴在门缝上往里瞅，看见自己的女人正坐在马缨树下，背对着他，给孩子喂奶，孩子的两条小腿乱蹬乱挠。"你开门不开？不开我跳墙了！"他怒吼起来。他真的把着墙头，耸身一跳，蹿进小院里，墙上的泥土簌簌地落下来。

女人"哇"一声哭了，骂："你这个野狗，你还没折磨够我是不？你看着俺娘们活着心里就不舒坦是不？你打上门来了，你……"怀里的女孩感到奶头里流出来的奶汤变少了，变味了，怒冲冲地哭起来。

刘起手足无措，遍体汗水淋漓，木头桩子似的戳在女人面前，腮上的肌肉一阵阵抽搐。

"孩子他娘……"他说，他看着女人耸动着的肩头，白里透黄的憔悴的面容，那两弯蹙到一块颤抖着的柳叶般的眉，和袒露着的被孩子吮着抓挠着的雪白丰满的乳房，磕磕巴巴地说，"你去看看咱的马，三匹好马……"

"……你滚，你滚，你别站在这儿硌硬我。你要还是个人，还有点人性气，就痛痛快快跟我离了……"

"你去看看那三匹马，一匹栗色小儿马，一匹枣红色小骒马，一匹黑骟马，"说到了马，他灰黯的脸霎时变得生气勃勃，雾蒙蒙的眼睛熠熠发光，"这真是三匹好马！口嫩，膘肥，头脑端正，蹄腿结实苗条，走起来像猫儿上树，叫起来'咴咴'地吼，底气儿足着哩。柱他娘，你去看看咱的马，你就不会骂我了，你就会兴冲冲地跟我回家过日子。"

"回去跟你那些马爹、马娘、马老祖过去吧，那些死马、烂马、遭瘟马！"

"你、你他妈的，你敢骂我的马！你还不如一匹马！"刘起胸中火苗子升腾，他眼珠子充血，对着女人向前跨了一步，大吼了一声，"你说，是回去还是不回去？"

"只要我活着，就不回你那个臭马圈！"

"我打死你这个……"

"你打吧，刘起，你不是打我一回了，今儿个让你打个够。你打死我吧，不打不是你爹娘养的，是马日的，驴下的……"女人骂着，呜呜地哭起来。

刘起看着女人那满脸泪水，手软了，心颤了，举起的拳头软不拉塌地耷拉下来。他摸摸索索地从破褂子里掏出烟盒，烟盒空了，被他的大手攥成一团，愤愤地扔在地上。他沮丧地蹲在地上，两只大手抱住脑袋。你这个鬼婆娘！他想，你怎么就理解不了男人的心呢？我不偷不赌不遛老婆门子，是咬得动铁、嚼得动钢的男子汉，我爱马想马买马，是一个正儿八经的庄稼人本分。不是你太生古，戗上我的火，我也不会揍你。揍你的时候，我打的是屁股上的暄肉，疼是疼点，可伤不了筋，动不了骨，落不了残，破不了相，你他妈的还不知足。今天我低三下四来求你，刘起什么时候装过这种熊相？你也不去访一访。这些该死的知了，也在这儿凑热闹，"吱吱啦啦"地叫，嫌我心里还不腻味是怎么着？他仰起脸，仇视地盯着马缨树上那些噪叫的知了，知了轻轻地翘起尖屁股，淋了他一脸尿。街上传来马的嘶鸣声。是那匹栗色的小儿马在叫，他一听就听出来了。这是在盼我呢，唤我呢。人不如马！姥姥，我还在这儿扭着捏着地装灰孙子，你回就回，不回就拉倒，反正我有马。

他起身想走，但脚下仿佛生了根，他好像变成了一棵树。他想来几句够味的男子汉话，煞一煞这个娘们的威风，可话到嘴边竟变了味，本想酿老酒，酿出来的却是甜醋，连他自己都感到吃惊。

"我不就是拍打了你那么几下子吗？还有什么对不住你的地方？这会儿，咱马也有了，车也有了，你凭什么不回去？"

"马，又是马！自嫁给你就跟着你遭马瘟。那一年你给马去堆坟头，树牌位，叫人赶着去游街示众，那时柱子刚生下二十天，我得了月子病，半死半活的，你不管不问，心里只想着你那死马爹。这几年，我起早摸黑，与你一起养貂，手被貂咬得鲜血直流。我挺着大肚子下地去摘棉花，戴着星出去，顶着月回来，孩子都差点生在地里，我图的是什么？这几年，谁家的媳妇不是身上鲜亮嘴上油光？人家二林的媳妇大我五岁，比我又显年轻又显水灵。你不管家里破橱烂柜，不管老婆孩子破衣烂衫，把一个个小钱串到肋巴骨上，到头来买了这么些烂马。说你不听，你还打我，打得我浑身青紫红肿……我和你孬好夫妻一场，才没到法院去告你，你还不识相，要不你早就进了班房。"

"你没看看这是三匹什么马！你去看看……"

"你这个没有良心的马畜生，滚！你只要养着这些马爹马娘，我就和你离婚。"

"我知道你为什么要和我离！"刘起一脚把一个鸡食钵子踢出几丈远，阴沉沉地说，"你这个不要脸的骚货，你……真他妈的丢人！你当我稀罕你？离就离！"刘起气汹汹地摇摇晃晃地走向门口，打开门走出去，又把门摔得"哐当"一声响。

女人像被当头击了一闷棍，两眼怔怔的，嘴唇哆嗦，嘴角颤抖，牙齿碰得"得得"响。她像尊石像一样木在那儿。从大门口扑进来的热风撩拨着她靠边蓬松的乱发，热风挟带着原野上的腐草气息呛着她的肺，使她一阵阵头晕目眩。热风吹拂着院里这棵娉婷多姿的马缨树，马缨树枝叶婆娑，迎风抖动，羽状的淡绿色叶片窸窣作响，粉红色的马缨花灿若云霞，闪闪烁烁。女人听人说马缨花也叫合欢花。又是马，又是该死的马。她感到心里疼痛难忍。孩子用不愉快的牙齿在她奶头上咬了一口，她没感觉到疼。合欢，合欢，有马就合不起来，合起来也欢不了。她想着，两行泪水从面颊上滚下来。

那七八个七八、十来岁的光腚猴子在镇东河沟里打够了水仗，掏够了螃蟹窝黄鳝洞，正带着浑身泥巴，拎着一只螃蟹或是两条黄鳝，东张张，西望望，南瞅瞅，北溜溜，沿路蹲窝下着蛋往镇子里走来。

　　走在队伍前面的是一个大眼睛阔嘴巴蒜头鼻子的黑小子。他左手拎着一条蟹子腿——蟹子的其他部分已被生吃掉了。他说，我爹说生吃蟹子活吃虾，半生不熟吃蛤儿。蟹子腿是留给小妹妹吃的，小妹妹刚长出两个歪歪扭扭的门牙——右手持着一根细柳条儿，沿途挥舞着，见野草抽野草，见小树抽小树。在一片黑油油的玉米田头，他举起柳条，对准一棵玉米的一侧，用力一挥，只听"唰"一声，两个肥大的玉米叶齐齐地断了。黑小子兴奋得高叫起来："哎，看我的马鞭！"他又一挥手，又砍断了两个玉米叶。

　　"这谁不会呀。"一个孩子说着，跑到机井边上一棵柳树下，"噌噌"地爬上去，折了几根柳枝，用口叼着，"哧溜"一下滑下来。粗糙的树皮把他的小肚子磨得满是白道道。"嗨嗨，"他拍着肚子说，"上树不愁，下树拉肉。柱子，你吹啥？看我的马刀。"他褪干净柳枝上的叶子，对着几棵玉米"噼噼啪啪"劈起来，扔在地上的几根柳条被几个孩子一抢而光，于是，几条"马鞭"，几柄"马刀"，便横劈竖砍起来。几十棵玉米倒了大霉，缺胳膊少腿，愁眉苦脸地立在地头上，成了几十根玉米光棍儿。

"别砍了，日你们的娘！这块玉米是俺姥姥家的。"黑小子举着短了半截的柳条，对着几个光屁股抽起来。

"哎哟，柱子，是你带头砍的。"

"我砍的是俺姥姥家的，你砍的是你姥姥家的吗？"柱子的柳条又在那个犟嘴的男孩屁股上狠抽了一下，男孩痛得一咧嘴，哭着骂起来："柱子，你爹死了，你没有爹……"

"你说谁没有爹？"

"你没有爹！"

"我爹在刘疃。我爹像黑塔那么高，我爹的拳头像马蹄那么大。我爹是神鞭。我爹能一鞭打倒一匹马，鞭梢打进马耳朵眼里。我爹什么都跟我说了。我爹那年去县里拉油，电线上蹲着一个家雀。我爹说：'着鞭！'那家雀头像石头子儿一样掉下来，家雀身子还蹲在电线上。我爹说：'我的儿，用刀子也割不了那么整齐哩。'过两年我就找我爹去，我爹给我说了，要买三匹好马！哼，我爹才是棒爹！"

"你爹死了！你是个野种！"

"我爹活着！"柱子朝着这个比他高出一巴掌的男孩子，像匹小狼一样扑上去。两个光腚猴子搂在一起，满地上打着滚。其他的几个孩子，有拍手加油的，有呐喊助威的，有打太平拳的，有打抱不平的。最后，孩子们全滚到了一起，远远看着，像一堆肉蛋子在打滚。螃蟹扔在路旁青草上，半死不活地吐白沫。黄鳝快晒成干柴棍了。柱子那条蟹子腿正被一群大蚂蚁齐心协力拖着向巢穴前进。

"刘起，怎么样？答应跟你一块儿回去吧？"花白胡子关切地问。

刘起铁青着脸，"噼里咔啦"地收拾起草料筐箩，收起撑车支架。

"老弟，看样子不顺劲，下跪赔情了吧？瞧你那小脸蛋蛋，乌鸡冠子似的。"黄四调侃地揶揄着。

刘起右手抄起鞭子，左手拢着连接着梢马嚼铁的细麻绳，大吼一声，猛地掉转车，车尾巴蹭着树干，剥掉了一大块柳树皮。

"刘起大哥，嫂子没让你亲热亲热？"金哥远远地站着，报复地戏谑着。

"我日你姥姥！"刘起怒吼一声，两滴浑浊的大泪珠扑簌簌地弹出来，落在灰尘仆仆的面颊上。他的手一直搂紧着那根连着嚼铁的细绳，坚硬的嚼铁紧紧勒住栗色小儿马鲜红的舌根和细嫩的嘴角，它暴躁不安地低鸣着，头低下去，又猛地昂起来，最后前蹄凌空，身子直立起来。这威武傲岸的造型使刘起浑身热血沸腾，心尖儿大颤，他松开嚼铁绳，没来得及调正车头，车身与大街成六十度夹角斜横着。他在两匹梢马的头顶上耍了一个鞭花，只听到"叭叭"两声脆响，栗色马和枣红马脖子上各挨了尖利的一击，几乎与此同时，粗大的鞭把子也沉重地捅到黑辕马的屁股上。这些动作舒展连贯，一气呵成，人们无法看清车把式怎么玩弄出了这些花样，只感到那支鞭子像一个活物在眼前飞动。

　　三匹马各受了打击。尖利的疼痛和震耳的鞭声使栗色小儿马和枣红小骒马慌不择路地向前猛一蹿，黑辕马随着它们一使劲，大车就斜刺里向着黄土大路冲过去。适才的停车点是一块小小的空地，空地与大路的连接处是一条两米多宽的小路。刘起的马车没有直对路面，梢马与辕马的力量很大，他没有机会在马车前进中端正车身方向，一个车轮子滑下了路沟，大车倾斜着窝车了。马停住了。马车上为刘疃供销社拉的白铁皮水桶、扫帚、苇席以及一些杂七拉八的货物也歪斜起来，好像要把马车坠翻。

　　"刘起，你吃了枪药了？这哪儿是赶车？这是玩命。"花白胡子说。

"老弟，卸下车上的货吧，把空车鼓捣上去，再装上。我们帮你一把手。"黄四说。

"刘起，快让嫂子去把她相好的喊来，他最愿帮人解决'困难'。"金哥说。

"滚，都他娘的滚！"刘起眼里像要蹿火苗子，对着众人吼叫，"想看爷们的玩景，耍爷们的狗熊？啊，瞎了眼！"

他把那件汗渍麻花的破褂子脱下来，随手往车上一撂，吸一口气，一收腹，把蓝包袱皮猛地煞进腰里，双手在背后绾了一个结。一挺身，腰卡卡的，膀夯夯的，古铜色的上身扇面般地扎煞开，肌肉腱子横一道竖一道，像一块刀斧不进的老榆树盘头根。他的背稍有点罗锅，脖子后头一块拳头大的肌肉隆起来，两条胳膊修长矫健，小蒲扇似的两只大手。这是标致的男子汉身板，处处透着又蛮又灵性的劲儿。好身膀骨儿！花白胡子心里赞叹不已。金哥忽然感到脖子酸痛得不敢转动，忙抬起一只手去揉搓。

刘起在蓝包袱皮上擦擦手上的汗，嘴里"嗷嗷"地怪叫着，左手抖着嚼铁绳，右手摇着鞭子，双脚叉成八字步，两目虎虎有生气，直瞪着两匹梢马。那根鞭子在空中风车般旋转，只听见激起"呜呜"的风响，可并不落下来。栗色小儿马和枣红小骒马眼睁得铃铛似的，腰一塌，腿一弓，猛一展劲，车辀辘活动了一下，又退了回来。

"刘起，别逞强了，把车卸了，先把空车拖上去，我们帮你干。"花白胡子说。

刘起不答话，一撒身退去三步远，抡圆鞭子，"啪啪啪"，三个脆生生的响鞭打在三匹马的屁股上，马屁股上立时鼓起指头粗的鞭痕。他重新招呼起来，三匹马一齐用劲，将车辀辘拖离了沟底，困难地寸上挪，但终于还是一下子退回去，车轮陷得更深了。

"奶奶，连你们也欺负老子。"他往手心里啐了几口唾沫，一耸身跳上车辕杆，双腿分开，歪歪地站在两根车辕杆上，挥起大鞭。左右开弓，打得鞭声连串儿响，鞭梢上带着"嗖嗖"的小风，鞭梢上沾着马身上的细毛。他左手累了换右手，右手累了换左手，哪只手上的功夫也不弱。两匹梢马的屁股上血淋淋的，浑身冒汗，毛皮像缎子明晃晃地耀眼。这是两个上套不久的小牲口，那匹栗色小儿马，满身生性，它被主人蛮不讲理的鞭子打火了，先是伴着枣红色小骒马东一头西一头瞎碰乱撞，继而鬃毛倒竖，后腿腾空，连连尥起双蹄来。枣红马也受了感染，"咴咴"地鸣着，灵巧地飞动双蹄，左弹右打，躲避着主人无情的鞭子，反抗着主人的虐待。四只挂着铁掌的马蹄，把地上坚硬的黄土刨起来，空中像落了一阵泥巴雨。围观的人远远地躲开了。栗色儿马一个飞蹄打在黑辕马前胸上，痛得它猛地扬起头。黑辕马目光汹汹，瞅准一个空子，对着小儿马的屁股啃了一口，小儿马疯了一样四蹄乱刨，一个小石头横飞起来，打在刘起耳轮上。刘起猛一歪脖子，伸手捂住了耳朵，鲜血沾了满手。

他的脸发了黄，眼珠子发了绿，脖子上的血管子"砰砰"乱蹦。他捂着耳朵跳下车，脚尖踮地，几步蹿到梢马前边马路中央，正对着两匹马约有三五米远。他低低嘟哝了一句什么话，轻飘飘地扬起鞭来，鞭影在空中划了个圆弧，像拍巴掌似的响了两声，两匹活龙驹就瘫倒在黄土路面上了。

刘起这一手把这一帮人全给震惊了。有好几个人伸出了舌头，半天缩不回去。花白胡子屏住气儿，哈着腰走近刘起。双手一拱，说："刘师傅，您今儿个算是叫小老儿开了眼了。"他俯下身去要看马耳，刘起一鞭杆子把他拨拉到一边，对着两匹马的大腿里抠了两鞭，马儿打着滚站起来。都是俯首帖耳，浑身簌簌地打战。

"兄弟，怪不得你这么恋马，怪不得哟！"黄四眼窝儿潮潮地说。

"刘大哥，神鞭！"金哥嚷着。

在众人的恭维声中，刘起竟是满脸凄惶，那张黑黢黢的脸上透出灰白来。他摸着马的头，自己的头低到马耳上，仿佛与马在私语。后来，他抬起头来，大步跨到车旁，鞭子虚晃一晃，高喊一声："喺——"三匹马就像疯了一样，马头几乎拱着地面，腰绷成一张弓，死命拽紧了套绳。六股生牛皮拧成的套绳"噬噬"响着，小土星儿在绳子上跳动，刘起一猫腰，把车辕杆用肩膀扛起来，车轮子开始转动。栗色小儿马前腿跪下来，用两个膝盖向前爬，十几个观景的汉子一拥而上，掀的掀，推的推，马车"呼隆"一声上了大道。

刘起再也没有回头，花白胡子喊他重新捆扎一下车上晃晃悠悠的货物，他也仿佛没听到。他脚下是轻捷的小箭步，手中是飞摇的鞭子，嘴里是"喺喺"的连声叫。那车那马那人都像发了狂。那日头也像发了狂，喷吐着炽热的白光。车马"隆隆"向前闯。路面崎岖不平，车上的货物被颠得"叮叮当当"地响。当马车从窝车的地方冲出五百步、离镇子东头那座小小的军营还有一千步的时候，车上小山般的货物终于散了架。铁桶滚下来，席捆滑下来，杈杆扫帚扬场木锨横七竖八砸下来……席捆砸在马背上，铁桶挂在马腿上，扫帚戳到马腚上。三匹马惊恐万状，腾云驾雾般向前飞奔。此时车已轻了，此时马已惊了，此时的刘起被一捆扫帚横扫到路沟里，那支威风凛凛的大鞭死蛇般躺在泥坑里。马车如出膛的炮弹飞走了。他两眼发黑，口里发苦，心里没了主张。

柳树下的男人们发了木。

刘起身腰苗条、面容清丽的小媳妇踩翻了凳子，无力地从墙头那儿滑跌下来，双目瞅着马缨树上灿漫的花朵发呆。

起初，他远远地看到一条鞭影在马头上晃动，鞭子落下去两秒钟之后，清脆的响声才传来。后来，响声连成一片，像大年夜里放爆竹。他想，噢，窝车了。我才不管哩，谁窝了谁倒霉，甭说窝辆马车，窝了红旗牌轿车我也不管。这年头，好心不得好报，真是他妈的倒霉透了。上星期天，鲁排长——山高皇帝远，猢狲称大王，你鲁排长就是这里的皇帝爷——你不问青红皂白，训了我两小时，什么大不了的事？你咋咋呼呼，刷子眉毛仄楞着。"张邦昌！"你他妈的还是秦桧呢，我叫张辇长。纠正多少次你也不改，满口别字，照当排长不误，要是我当了连长，先送你到小学一年级去补习文化，学习汉语拼音字母，省得你给八路军丢脸。我说，我叫张辇长！你说："张邦昌，你干的好事！"我干什么啦？"你自己知道。"我知道什么？"少给我装憨！"你这不是折磨人吗？给出个时间地点，我也好回忆。"上星期天中午十二点到两点半你干什么去了？"我站岗了。"离没离过岗位？"离过。"到哪儿去了？"玉米地里。"玉米地里有什么人？"一个女人一个孩子。"臭流氓！"你血口喷人！"我喷不了你，剧团入伍的，唱小生的，男不男，女不女，什么玩意儿。唱戏的男的是流氓，女的是破鞋，没个好东西。"排长，不许你侮辱人，唱戏怎么了？周总理在南开中学也唱过戏，还扮演过大姑娘哩！"好了，好了，不提这个。你擅离岗位，持枪闯入玉米林，欺侮妇女耍流氓！"我抗议你的诬蔑！我以团性、人性保证。你可以去问问那位大嫂……

那天在哨位上，我听到玉米地里有一个孩子在哭，声音暗哑，像一个小病猫在叫。我想，难道是弃婴？难道是……我是军人，我不能见死不救。再说和平时期，青天大白日，站岗还不是聋子耳朵——摆设。我去看看就回来，救人一命，胜造七级浮屠。我大背着冲锋枪，钻进了玉米林，循着哭声向前钻。我先看到了一块塑料布，又看到了一条小被子，一个小女孩在被子上蹬着腿哭，女孩旁边放着一袋化肥、一把水壶、几件衣服。我高声喊叫，没人应声。顺着垄儿向前走，猛见地上躺着一个妇女，露着满身白肉。我犹豫了半分钟，还是走上前去，扶起她，用手指掐她的人中。她醒了，满脸羞色。我不知道这是个什么人。我要送她回家。她谢绝了。她走回孩子身边，给孩子喂奶。她说谢谢我，还说天气预报有雨，要趁雨前追上化肥。我把口袋里的人丹给她扔下，转身钻出玉米地。就这么着，热得我满身臭汗，衣服像从盐水里捞出来的。

"有群众来信揭发你！"排长说。

我一口咬破中指，鲜血滴滴下落。我说，对天发誓。排长骂我混蛋，找卫生员给我上了药。他说："这事没完，还要调查！"调查个屁。你去找到那位大嫂一问不就结了。他竟打电话报到连里，连部在六十里外，连长骑着摩托车往这儿赶，这老兄，驾驶技术二五眼，差点把摩托开到河里去。来到这儿穷忙了几天，还是跟我说的一个样。连长还够意思，批评我擅离岗位，表扬我对人民有感情。一分为二辩证法，我在学校里学过。

今天，哪怕你窝下火车，哪怕你玉米地里晕倒了省委书记，我也不离岗哨半步。排长这个神经病，中午哨，夜哨，还让压子弹。这熊天，热得邪乎，裤子像尿了一样粘在腿上。真不该来当这个兵，在京剧团唱小生你还不满意，还想到部队来演话剧。美得你，吃饱了撑得你，话剧没演上，日光下的哨兵先当上了。这叫扒着眼照镜子——自找难看。这帮猴崽子在糟踏那位大嫂的玉米，喊他们几声？算了，练你们的武艺去吧。这边的车没拉上来，哈，那两匹马怎么也躺了？大概也是中暑了。我的人丹给那小媳妇吃了一包，还有一包在兜里装着。马吃人丹要多大剂量？不许胡思乱想，集中精力站岗。最好来几个特务捣乱，我活捉他们，立上个三等五等的功。狗小子们滚成一团了，像他们这么大小时，我也是这样，从端午节开始光屁股，一直光到中秋节，连鞋都不穿，赤条条一丝不挂，给家里省了多少钱。那时也没中过暑，那时也没感过冒。好了，不必替别人发愁，不用愁老母鸡没有奶子。我没去，这辆车也没窝在那儿过年，瞧，已经上了大路，还放了跑车，嘿，热闹……

　　一只铁皮水桶不知挂在马车的哪个部位了，反正车

上是"咚咚咣咣"地乱响。真正高速行驶的马车是一蹦
一蹦地跳跃着前进，远远看上去，像是腾云驾雾。三匹
马高扬着头，鬃毛直竖着，尾巴像扫帚扎煞开，口吐着
白沫，十二只铁蹄刨起烟尘，车轮子卷起烟尘，一捆挂
在车尾巴上的扫帚扬起烟尘，车马后边交织成一个弥漫
的灰土阵。几只鸡被惊飞起来，"咯咯"叫着飞上墙头，
有一只竟晕头转向钻进车轮下，被碾成了一堆肉酱。镇
子西头那几个男子汉泥菩萨一样呆着。刘起从那捆扫帚
下边爬起来，掉了魂一样站着。刘起媳妇倚在墙上，满
脸都是泪水。光腚猴子们的战斗已进入胶着状态，一个
个喘着粗气流着汗，身上又是泥又是土，只剩下牙齿是
白的。

　　站岗的大兵张攀长打了一个寒战，热汗涔涔的身上
暴起一层鸡皮疙瘩。他焦躁地在哨位上转着圈，像一只
被拴住的豹子。他突然亮开京剧小生的嗓门喊着："孩
子们，闪开！"孩子们不理他的茬，在路上照滚不误。
这时，他看到栗色儿马疯狂的眼睛和圆张的鼻孔。他想
高叫一句什么，可嗓子眼像被堵住了，一点声音也发不
出来。他把冲锋枪向背后一转，一纵身，像一只老鹰一
样扑到栗色儿马头上，抱住了马脖子。惯性和栗色儿马
疯狂的冲撞使他滑脱了手。他凭着本能，也许是靠着运

气就地打了一个滚，车轮擦着他的身边飞过去。完了！他想。马车离孩子们还有一百米。还有九十米。八十米……

孩子们终于从酣战中醒过来，他们被汗水和泥土糊住了眼，被劳累和惊恐麻痹了神经。他们呆呆地站在路上。甚至有几分好奇地迷迷惘惘地望着飞驰而来的马车。"三匹马！是我爹的三匹马！"柱子想。他很想把这想法传达给伙伴们，可小嘴唇紧张得发抖，心里像有只小兔子在碰撞，他说不出话来。

还有七十米。我到底是离开了哨位，我又犯了纪律。我尽了良心，我没有办法了。他想，再有十秒钟，根本不用十秒钟，这车快得像一颗飞蹿的子弹。他的脑袋里忽然像亮起了一道火光，他兴奋得手哆嗦。他不知道冲锋枪是怎样从背后转到胸前的，好像枪一直就在胸前挂着。他幸亏没有忘记拉动枪机把子弹送上膛，幸亏保险机定在连发位置上，他连准都没瞄，以无师自通的抵近射击动作打了半梭子弹。他眼见着那匹栗色马一头扎倒在路上，枣红马缓慢侧歪在路上，黑辕马凌空跃起，在空中转体九十度，马车翻过来扣在地上，两个车轱辘朝了天，"吱吱嘎嘎"转着。黑辕马奇迹般地从辕杆下钻出来，一动不动地站在两匹倒地的梢马面前。灰土烟尘继续向前冲了一段距离，把那七八个男孩遮住了。

枪声震动了被溽暑折磨得混混沌沌的小镇，也惊醒了镇西头那几条汉子。他们，刘起，都跌跌撞撞地冲上前来。枪声也惊醒了驻军最高首长鲁排长和全体战士。战士们穿着大裤衩子冲出营院，鲁排长一见正往这儿汇拢着的大男小女，急忙下令统统回去穿军装，他自己也是赤膊上阵，所以一边往回跑，一边怒吼："张邦昌，你这个混蛋，你等着！"

张棒长好像没听到排长的话，端着枪走到马跟前，他感到疲倦得要命，脚下仿佛踩着白云。

栗色小儿马肚子被打开了花，半个身子浸在血泊里。它的脑袋僵硬地平伸着，灰白的眼珠子死盯着蓝得发白的天，枣红马腹部中了一弹，脖子中了一弹，正在痛苦地挣扎着，脖子拗起来，摔下去，又拗起来，又摔下去。那双碧玉般的眼睛里流着泪，哀怨地望着张棒长，黑辕马浑身血迹斑斑，像匹石马一样站在路边，垂着头，低沉地嘶鸣着。

他一阵恶心，腔子里涌上一股血腥味，他想起适才拦车时胸口被儿马猛撞了一下子。他看到排长已经跑过来。他看到一大群老乡正蜂拥过来。他再次端起枪，背过脸，枪口对准枣红马的脑袋，咬着牙扣动了扳机，随着几声震耳欲聋的枪响，随着枪口袅袅飘散的淡蓝色硝烟，他的眼里流下了两行泪水。

"下掉他的枪！"他听到排长在对战友们下命令。

"我的马！我的马……"他听到那个高大汉子哭喊着。

"这是我爹！爹！"他听到那个泥猴一样的小男孩对着伙伴们炫耀。

他还听到远远地传来一个女人的哭声。这哭声十分婉转，在他耳边萦绕不绝，袅袅如同音乐。他还听到人们七嘴八舌的、七粗八细的、七长八短的、一惊一乍一板一眼一扬一抑的呵斥、辩解、叙述、补正之声。这一切也许他都没有听到，他的枪没用"下"就从手里松脱了，他口吐鲜血，倒在地上，他恍惚觉得躺在一团霓虹灯色的云朵上，正忽悠悠地向高远无边的苍穹飘扬……

黑马长嘶一声，抖抖尾巴，沿着玉米林夹峙着的黄土大道慢慢地极不情愿地恋恋不舍地向前走去。黄的土，绿的禾，黑的马，渐渐融为一体，人们都看着，谁也不开口说话。

（一九八三年十月）

石　磨

　　我家的厢房里，安着一盘很大的石磨。娘说，这是村里最大的一盘磨。听到"最大"两个字，我感到很骄傲。据说，这盘磨原是刘财主家的，土改时当作胜利果实分给了我家。这是盘"驴磨"——是由毛驴拉的磨，不是小户人家那种一个半大孩子也能推得团团转的"人磨"。

　　我最早的记忆是和这盘磨联系在一起的。我记得我坐在磨道外边的草席上，呆呆地望着娘和邻居四大娘每人抱着一根磨棍沿着磨道不停地转着圈。磨声隆隆，又单调又缓慢，黄的或是褐的面从两扇磨盘的中间缝儿均匀地撒下来，石磨下的木托上，很快便堆成一个黄的或是褐的圆圈。偶尔也有磨麦子的时候，那必是逢年过节。磨麦子时落下的面是雪白的。我坐在草席上一动不动。娘的脸，娘的背，四大娘的脸，四大娘的背，连续不断地从我眼前消逝、出现，出现、消逝。磨声隆隆地响着，磨盘缓缓地转着，眼前的一切像雾中的花儿一样，忽而很远，忽而很近，我歪在草席上睡着了。

一九七〇年，我九岁。听说邻村里安装了一盘用柴油机拉着转的钢磨，皮带一挂嗡嗡响，一个钟头能磨几百斤麦子。村里有不少人家把石磨掀掉了，要磨面就拿着钱到钢磨上去磨。我们家的石磨还没有掀，我们没有钱。

四大娘有一个女儿叫珠子，小我两岁。我们两家斜对门住着，大人们关系好，小孩更近乎。我和珠子天天厮混在一起，好得像长着一个头。邻村的钢磨声有时能够很清晰地传到我们村里来，神秘得要命，我和珠子偷偷去看钢磨。我闯了一个大祸。我要求珠子为我保密，珠子一直没给人讲过。当然我们也有翻脸的时候。我小时长得干巴，珠子却圆滚滚的像只小豹子一样，打起架来我不是她的对手。常常是她把我狠揍一顿，却哭着跑到我娘面前去告状，说我欺负她。

我和珠子在本村小学校读书，老师是个半老头子，姓朱，腰弓着，我们叫他"猪尾巴棍"，他也不敢生气。听说他从前管教学生特别严厉，"文化大革命"一起，挨过他的教鞭的学生反过来把他揍得满裤裆屎尿，这一下他算是学"好"了。给我们上课时，半闭着眼，眼睛瞅着房顶，学生们闹翻了天也不管。我们不等他讲完课，就背着书包大摇大摆地走了。书包里只有两本画有扛着红缨枪的小孩的书，还有一管秃了尖就用牙啃的铅笔。有一天下午，我和珠子早早地逃了学。我们说好了要到我家院子里弹玻璃球玩儿，说好了赢家在输家额头上"敲栗子"，珠子输了，被我连敲了几个栗子。她恼了，扑到我身上，双手搂着我的腰，头顶着我的下巴，把我掀倒在地上。她骑着我的肚子，对着我的脸吐唾沫。我恼了，拉住她一只手，咬了一口。我们都哭了。

娘和四大娘正在厢房推磨，闻声出来，娘说："祖宗，又怎么啦？"

"他咬我。"珠子擎着渗出血丝的手，哭着说。

"她打我。"我也哭着说。

娘对准我的屁股打了两巴掌。四大娘也拍了珠子两下。这其实都是象征性的惩罚，连汗毛都伤不了一根的，可我们哭得更欢了。

娘心烦了，说："你还真哭？宠坏你了，来推磨！"

四大娘当然也没放过珠子。

我和珠子像两匹小驴驹子被套到磨上。上扇石磨上有两个洞眼，洞眼里插着两根磨棍。娘和四大娘在磨棍上拴了两根绳子，我一根，珠子一根。我的前边是四大娘，四大娘前边是珠子。珠子前边是我娘，娘前边是我。

"不使劲拉，我就踢你！"娘推着磨棍，在我身后说。

"不使劲，我就打你。"四大娘吓唬着珠子。

一边拉着磨，一边歪着头看旋转的磨盘。隆隆隆响着磨，刷刷刷落着面。我觉得又新鲜又好玩。磨盘上边有两个磨眼，一个眼里堆着红高粱，一个眼里插着两根扫帚苗。

"娘，插扫帚苗干吗？"我问。

"把磨膛里的面扫出来。"

"那不把扫帚苗研到面里了？"

"是研到面里了。"

"那不吃到肚子里了？"

"是吃到肚子里了。"

"人怎么能吃扫帚苗呢？"

"祖祖辈辈都这么着。别问了，烦死人了。"娘不耐烦了。

"娘，什么时候有的石磨？"珠子问四大娘。

"古来就有。"

"谁先凿出第一盘磨？"

"鲁班他媳妇。"

"谁是鲁班他媳妇？"

"鲁班他媳妇就是鲁班他媳妇。"

"鲁班他媳妇怎么会想到凿磨呢？"

"鲁班他媳妇牙不好，嚼不动囫囵粮食粒儿，就找来两块石头，凿了凿，呼呼隆隆推起来。"

在娘和四大娘嘴里，世界上的一切都很简单，什么答案都是现成的，没有不能解释的事物。

我们都不说话了，磨房里静下来。一缕阳光从西边的窗棂里射进来，东墙上印着明亮的窗格子。屋里斜着几道笔直的光柱，光柱里满是小纤尘，像闪亮的针尖一样飞快游动着。墙角上落满灰尘的破蛛网在轻轻地抖动着。一只壁虎一动不动地趴在墙壁上。初上磨时的新鲜感很快就消逝了，灵魂和肉体都在麻木。磨声，脚步声，沉重的呼吸声，一圈一圈无尽头的路，连一点变化都没有。我总想追上四大娘，但总是追不上。四大娘很苗条的腰肢在我面前晃动着。那道斜射的光柱周期性地照着她的脸，光柱照着她的脸时，她便眯起细长的眼

睛，嘴角儿一抽一抽的，很好看。走出光柱，她的脸便
晦暗了，我愿意看她辉煌的脸不愿意看她晦暗的脸，但
辉煌和晦暗总是交替着出现，晦暗又总是长于辉煌，辉
煌总是一刹那的事，一下子就过去了。

"娘，我拉不动了。"珠子叫了起来。

"拉，你哥哥还没说拉不动呢，你这么胖。"四大
娘说着，把腰弯得更低一些，使劲推着磨棍。

"娘，我也拉不动了。"我说，是珠子提醒了我。

"还打架不打了？"

"不打了。"

"玩去吧。"

我和珠子雀跃着逃走了。走出磨房，就像跳出牢
笼，感觉到天宽地阔。娘和四大娘还在转着无穷无尽的
圆圈，磨声隆隆隆，磨转响声就不停。

这次惩罚，说明了我和珠子已经具有了劳动能力，
无忧无虑的童年就此结束了。我和珠子成了推磨的正式
成员，尽管我们再也没有打架。娘和四大娘都是那种半
大脚儿，走起路来脚后跟捣着地，很吃力。我已经十
岁，不是小孩了，看到娘推磨累得脸儿发白，汗水溻湿
了衣服，心里十分难过。所以，尽管我讨厌推磨，但从

来也没有反抗过娘的吩咐。珠子滑头得很，上了磨每隔十分钟就跑一次厕所，四大娘骂她："懒驴上磨屎尿多。"娘轻轻地笑着说："她还小哩。"

娘和四大娘并不是天天推磨，她们还要到生产队去干活儿。后来，她们把推磨时间选择在晌午头、晚饭后，这时候学校里不上课，逃不了我们的差。

在这走不完的圆圈上，我和珠子长大了。我们都算是初中毕了业，方圆几十里只有一所高中，我们没有钱去上学，便很痛快地成了公社的小社员了。我十六岁，珠子十四岁，还没列入生产队的正劳力名册。队里分派给我们的任务就是割草喂牛，愿去就去，不愿去拉倒，反正是论斤数算工分。

我和珠子已经能将大磨推得团团转了，推磨的任务就转移到我俩肩上。娘和四大娘很高兴。从十五岁那年开始，我开始长个了，一个冬春，蹿出来一头，嘴上也长出了一层黑乎乎的茸毛。珠子也长高了，但比我矮一点。记得那是阴历六月的一天，天上落着缠缠绵绵的雨。娘吩咐我："去问问你四大娘，看她推磨不推。"我戴上斗笠，懒懒地走到四大娘家。父亲坐在四大娘的炕沿上抽烟。四大娘坐在炕头上，就着窗口的光亮，噌噌地纳鞋底子。"四大娘，俺娘问你，推磨吗？"我问。四大娘抬起头，明亮的眼睛闪了闪，说："推吧。"
接着她就喊："珠子，盛上十斤玉米，跟你哥哥推磨
去。"珠子在她屋里很脆地应了一声。我撩开门帘进了
她的屋，她坐在炕上，只穿一件紧身小衫儿，露着两条
雪白的胳膊，刚发育的乳房像花骨朵一样很美地向前挺
着。我忽然吃了一惊，少年时代就在这一瞬间变成了历
史，我的一只脚跨进了青春的大门。我惊惶地退出来，
脸上发着烧，跑到院子里，高声喊："珠子，我在磨房
里等着你，快点，别磨磨蹭蹭。"雨点敲打着斗笠，啪
啪地响，我心里忽然烦恼起来，不知是生了谁的气。

　　珠子来了。她很麻利地收拾好磨，把粮食倒进磨眼
里，插好了扫帚苗。我们抱起磨棍，转起了圈圈。磨房
里发出潮湿发霉的味儿，磨膛里散出粉碎玉米的香味
儿。外边的雨急一阵慢一阵地下着，房檐下倒扣着的水
桶被檐上的滴水敲打出很有节奏的乐声。檐下的燕窝里
新添了儿女，小燕子梦呓般地喁啾着。珠子忽然停住
脚，回过头来看着我，脸儿一红，细长的眼睛瞪着我
说："你坏！"

　　我想起了刚才的事，心头像有匹小鹿在碰撞。我的
眼前又浮现出她那蓓蕾般的小胸脯儿，我说："珠子，
你……真好看……"

"瞎说！"

"珠子，咱俩好吧……"

"我打你！"她满脸绯红，举起拳头威胁我。

我放下磨棍，扑上去将她抱住，颤抖着说："打吧，你打吧，你快打，你这个小珠儿，小坏珠儿……"

她急促地喘息着，双手抚摸着我的脖子，我们紧紧拥抱着，忘记了世界上的一切……

我家的厢房是三间，里边两间安着磨，外边一间实际上起着大门楼的作用。父亲推开大门走进来，一眼就看到了我和珠子搂抱在一起。

"畜生！"他怒骂一声。

我和珠子急忙分开，垂着头，打着哆嗦站在磨道里。磨道被脚底踩凹了，像一条环形的小沟。

父亲揪住我的头发，狠狠地抽了我两个嘴巴。我的脑瓜子嗡嗡响，鼻子里的血滴滴答答地流下来。

珠子扑上来护住我，怒冲冲地盯着父亲："你凭什么打他？你这个老黑心，兴你俩好，就不兴俺俩好？"

父亲愤怒的胳膊沉重地耷拉下去，脸上的愤怒表情一下子就不见了。

从我初省人事时，我就感觉到，爹不喜欢娘。娘比爹大六岁。爹在家里，脸上很少有笑容，对娘总是冷冷的、淡淡的。娘像对待客人一样对待爹，爹也像对待客人一样对待娘，两个人从没有吵过一句嘴，更甭说打架了。但娘却经常偷偷地抹眼泪。小时候见到娘哭，我也跟着哭。娘把我搂在怀里，使劲地亲我，泪水把我的脸都弄湿了。"娘，谁欺负你了？""没有，孩子，谁也没欺负娘……""那你为什么哭？""就是，娘不争气，就知道哭。"后来，渐渐地大了，我在街上听到了一些风言风语，知道了爹和四大娘相好。珠子一岁那年，她爹在集上喝醉了酒，掉到冰河里淹死了，四大娘一直没再嫁。我小时，爹常抱我去四大娘家。四大娘喜欢我，从爹手里把我接过去，亲我咬我胳肢我。"叫亲娘，我拿花生豆给你吃。"她细长的眼睛亲切地望着我，逗着我说。小孩子是没有立场的，我放开喉咙叫"亲娘！"四大娘先是高兴地咧着嘴笑，但马上又很悲哀了。她把盛花生豆的小口袋递给我，长长地叹一口气，说："吃吧。"

娘也抱我去四大娘家，但似乎没有话说。两个人常常是干坐着。谁也不吱声，只有当我和珠子欢笑起来或者打恼了哭起来，她们才淡淡地笑几声或者淡淡地骂我们几句。有这么一天，娘又和四大娘对坐着。娘说：

"嫂子……你不打算寻个主儿，这样下去……"娘其实
比四大娘大七八岁，但四大娘的丈夫比爹大，所以娘叫
四大娘"嫂子"。听了娘的话，四大娘怔怔地望着窗户，
脸红一阵白一阵。趴在叠起的被子上，她"呜呜"地哭
起来。娘的眼圈也红了。后来，娘不再到四大娘家去
了。娘和四大娘的关系也像和爹的关系一样，相敬如
宾，冷冷的，淡淡的，一块儿推磨，一块儿到队里干活
儿，但谁也不跨进谁的房屋了，有事就靠我和珠子通风
报信。

哭叫声把娘惊动了。娘冒着雨穿过院子跑到磨房，
一看到我肿着的脸和鼻子里流着的血，冲上来护住我，
用她粗糙的手擦着我鼻子上的血，一边擦，一边哭，一
边骂起来："狠心的鬼！知道俺娘儿们是你眼里的钉子，
你先把我打死吧……"娘放声大哭起来。

四大娘也闻声赶来了。珠子一见她娘，竟然也嘴一
咧，鼻子一皱，泪珠子扑簌簌地落下来。"苦命的娘
啊，女儿好命苦啊……"珠子抱着四大娘，像个出过嫁
的女人一样唠叨着哭。四大娘本来就爱流眼泪，这一下
可算找到了机会，她搂着女儿，哭了个天昏地暗。

爹急忙把大门关了，压低了喉咙说："别哭了，求
求你们。都是我不好，要杀要砍由着你们。我有罪，我

给你们下跪了……"身高马大的父亲像半堵墙壁一样跪倒在石磨面前,泪水沿着他清癯的面颊流下来。父亲鼻梁高高的,眼睛很大,据说早年间闹社戏,他还扮过姑娘呢。

父亲的下跪具有很大的震撼力。娘和四大娘的哭声戛然而止,我和珠子紧跟着闭了嘴。磨房里非常安静,褐色的石磨像个严肃的老人一样蹲着。雨已经停了,院子里嗖嗖地刮过一阵小风,那棵老梨树轻轻地摇动几下,树叶的窸窣声中,夹杂着水珠击地的扑哧声。磨房的房梁上,一穗受了潮的灰挂慢慢地落下来,掉在父亲的肩头上。

娘松开我,挪动着小脚,走到爹的面前,伸出指头捏走了爹肩头那穗灰挂,慢慢地跪在爹面前,说:"是我不好,都是我不好……"

我的那颗被初恋的欢乐冲击过的心,被父亲毒打委屈过的心,像撕裂了般痛苦,一种比欢乐和委屈更复杂更强烈的感情的潮头在我胸臆间急剧翻腾起来,我站立不稳,趔趔趄趄地靠在石磨上……

我们再也不用石磨磨面了。家里日月尽管还是艰难,但毕竟是进入新阶段了,到钢磨上去推面的钱渐渐地不成问题了。磨房里很少进人,成了耗子的乐园,大白天也可以看到它们在那里折腾。蝙蝠也住了进去，黄昏时便从窗棂间飞进飞出。

我长成一个真正的青年了。有人给我提亲，女方是南疃一个老中医的女儿，在家帮她爹搓搓药丸子。我死活不答应。

爹说："我知道你想的是什么，这是万万不行的。"

"不要，我不要！我打一辈子光棍！"

"不要也得要！六月六就定亲。"爹严厉地说。

"孩子，听你爹的话吧。祖祖辈辈都是这么过来的……中午，把麦子送到钢磨去推了，定亲要蒸四十个大馍馍哩……"

六月的田野里，高高低低全是绿色的庄稼。

我到底还是推上三百斤小麦，沿着绿色海洋中的黄色土路，向钢磨坊走去。我慢吞吞地走着，钢磨转动的嗡嗡声越来越近。那一年的那一天，我和珠子一起去看钢磨，也是走的这条小路。钢磨房里，有两个连睫毛上都挂着白面粉的姑娘，把粮食倒进铁喇叭，那根与钢磨底部连结在一起的长口袋胀得滚圆。我看钢磨都看痴了，站在那儿像根直棍。珠子打了我一下，让我去看马力带，马力带在机房与磨房之间砖砌的沟里飞跑，我看了一会儿，也不知为什么，竟然往飞跑的皮带上撒了一泡尿，皮带嗞嗞地发出声响，随即滑落在地沟里，钢磨声渐渐弱下去。两个姑娘从磨房里跑出来，她们喊："抓！"珠子拖着我，说："快跑！"我们跑出村庄，跑进野地，跑得气喘吁吁，满身是汗。

我说："珠子，求求你，别回家说。"

她说："你长大了娶我做老婆不？"

我说："娶！"

"那我就不说。"她说。果然，她没对任何人说过我尿落马力带的事。

我饱含着哀愁一步步向前走，挺想哭几声，大哭几声。猛地，一个穿红格衫的女子从高粱地里闪出来。是珠子！

"站住！"她狠狠地对我说。

"你在这儿干什么？"我站住了。

"你别装糊涂。要和那个搓药丸子的定亲了是不？"她尖刻地问。

"你知道了还问什么。"我垂头丧气地说。

"我怎么办？你心里一点都没有我？"

"珠子……你难道没听说？有人说我们是兄妹……"我心里充满了恼怒，一下子把车子掀翻，颓然蹲下去，双手捂住头。

"我问过俺娘了,我们不是兄妹。"

"到底是怎么回事?"

"你爹爱俺娘,你爷爷和奶奶给你爹娶了你娘,俺娘嫁给了俺爹——就是死掉的那个二流子。就这么回事。"

"咱俩怎么办?"我迟疑地问。

"登记,结婚!"

"就怕俺爹不答应。"

"是你娶我还是你爹娶我?解放三十多年了!走,我去跟他们说。"

我跟珠子结了婚。

结婚第二年,珠子生了一个女孩,很可爱,村里人谁见了都要抱抱她。

连着几年风调雨顺,庄户人家都攒了一大把钱。珠子有心计,跟我办起一个小面粉加工厂。我们腾出厢房来安机器。厢房里满是灰尘,那盘石磨上拉满了耗子屎、蝙蝠粪。我,珠子,爹,四大娘,把两扇石磨抬出来,扔到墙旮旯里。娘背着我的小女儿看我们干活。

"奶奶,这是什么?"

"石磨。"

"什么石磨？"

"磨面的石磨。"

"什么磨面的石磨？"

"就是磨面的石磨。"

阳光好明媚。我对着门外喊："珠子，你去弄点石灰水，要把磨房消消毒！"

我们干得欢畅，干得认真，像完成了什么重大的历史使命。

（一九八四年十月）

五 个 饽 饽

　　除夕日大雪没停，傍黑时，地上已积了几尺厚。我踩着雪去井边打水，水桶贴着雪面，划开了两道浅浅的沟。站在井边上打水，我脚下一滑，"财神"伸手扶了我一把。

　　"财神"名叫张大田，四十多岁了，穷愁潦倒，光棍一条，由于他每年都装"财神"——除夕夜里，辞旧迎新的饺子下锅之时，就有一个"叫花子"站在门外高声歌唱，吉利话一套连着一套。人们把煮好的饺子端出来，倒在"叫花子"的瓦罐里。"叫花子"把一个草纸叠成的小元宝放到空碗里。纸元宝端回家去，供在祖先牌位下，这就算接回"财神"了——人们就叫他"财神"，大人孩子都这么叫，他也不生气。

　　"财神"伸手扶住了我，我冲着他感激地笑了笑。

"挑水吗，大侄子？"他的声音沙沙的，很悲凉。

"嗯。"我答应着，看着他把瓦罐顺到井里，提上来一罐水。我说："提水煮饺子吗，'财神'？"他古怪地笑笑，说："我的饺子乡亲们都给煮着哩，打罐水烧烧，请人给剃个新头。"我说："'财神'，今年多在我家门口念几套。""赌好吧，金斗大侄子，你是咱村里的大秀才，早晚要发达的，老叔早着点巴结你。"他提着水，歪着肩膀走了。

傍黑天时，下了两天的雪终于停了。由于雪的映衬，夜并不黑。爷爷嘱咐我把两个陈年的爆竹放了，那正是自然灾害时期，煤油要凭票供应，蜡烛有钱也难买到，通宵挂灯的事只好免了。

这晚，爷爷又去了饲养室，说等到半夜时分回来跟我们一起过年。自从父亲去世后，生产队看我家没壮劳力，我又在离家二十里的镇上念书，就把看牛的美差交给了我家。母亲白天喂牛，爷爷夜里去饲养室值班。我和母亲、奶奶摸黑坐着，盼着爷爷快回家过年。

好不容易盼到三星当头，爷爷回来了，母亲把家里的两盏油灯全点亮了，灯芯剔得很大，屋子里十分明亮。母亲在灶下烧火，干豆秸烧得噼噼啪啪响。火苗映着母亲清癯的脸，映着供桌上的祖先牌位，映着被炊烟

熏得黝黑发亮的墙壁，一种酸楚的庄严神圣感攫住了我
的心……

年啊年！是谁把这普普通通的日子赋予了这样神秘
的色彩？为什么要把这个日子赋予一种神秘的色彩？面
对着这样玄奥的问题，我一个小小的中学生只能感到
迷惘。

奶奶把一个包袱郑重地递给爷爷，轻轻地说："供
出去吧。"爷爷把包袱接过来，双手捧着，像捧着圣
物。包袱里放着五个饽饽，准备供过路的天地众神享
用。这是村里的老习俗，五个饽饽从大年夜摆出去，要
一直摆到初二晚上才能收回来。

我跟着爷爷到了院子里，院子当中已放了一条方
凳，爷爷蹲下去，用袖子拂拂凳上的雪。小心翼翼地先
把三个饽饽呈三角形摆好，在三个饽饽中央，反着放上
一个饽饽，又在这个反放的饽饽上，正着放上一个饽
饽。五个饽饽垒成一个很漂亮的宝塔。

"来吧，孩子，给天地磕头吧！"爷爷跪下去，向
着东南西北四个方向磕了头。我这个自称不信鬼神的中
学生也跪下，将我的头颅低垂下去，一直触到冰凉的
雪。天神地鬼，各路大仙，请你们来享用这五个饽饽
吧！……这蒸饽饽的白面是从包饺子的白面里抠出来

的，这一年，我们家的钱只够买八斤白面，它寄托着我们一家对来年的美好愿望。不知怎的，我的嗓子发哽、鼻子发酸，要不是过年图吉利，我真想放声大哭。就在这时候，柴门外边的胡同里，响起了响亮的歌声：

　　　　财神爷，站门前，
　　　　看着你家过新年；
　　　　大门口，好亮堂，
　　　　石头狮子蹲两旁；
　　　　大门上，镶金砖，
　　　　状元旗杆竖两边。
　　　　进了大门朝里望，
　　　　迎面是堵影壁墙；
　　　　斗大福字墙上挂，
　　　　你家子女有造化。
　　　　转过墙，是正房，
　　　　大红灯笼挂两旁；
　　　　照见你家人兴旺，
　　　　金银财宝放光芒。

　　我从地上爬起来，愣愣地站在院子里，听着"财神"的祝福。他都快要把我家说成刘文彩家的大庄院了。"财神"的嗓门宽宽的，与其说是唱，还不如说他念。他就这样温柔而悒郁地半念半唱着，仿佛使天地万物都变了模样。

> 财神爷，年年来，
> 你家招宝又进财；
> 金满囤，银满缸，
> 十元大票麻袋装。
> 一袋一袋摞起来，
> 摞成岭，堆成山，
> 十元大票顶着天。

我笑了，但没出声。

> 有了钱，不发愁，
> 买白菜，打香油，
> 杀猪铺里提猪头。
> 还有鸡，还有蛋，
> 还有鲜鱼和白面。
> 香的香，甜的甜，

　　大人孩子肚儿圆。

　　多好的精神会餐！我被"财神爷"描绘的美景陶醉了。

　　　　大侄儿，别发愣，
　　　　快把饺子往外送，
　　　　快点送，快点送，
　　　　金子银子满了瓮。

　　我恍然大悟，"财神爷"要吃的了。急忙跑进屋里，端起了母亲早就准备好了的饭碗。我看碗里只有四个饺子，就祈求地看着母亲的脸，嗫嚅着："娘，再给他加两个吧！……"母亲叹了一口气，又用笊篱捞了两个饺子放到碗里。我端着碗走到胡同里，"财神"急步迎上来，抓起饺子就往嘴里塞。

　　"'财神'，你别嫌少……"我很惭愧地说。他为我们家进行了这样美好的祝福，只换来六个饺子，我感到很对不起他。

　　"不少，不少。大侄子，快快回家过年，明年考中状元。"

"财神"一路唱着向前走了，我端着空碗回家过年。"财神"没有往我家的饭碗里放元宝，大概连买纸做元宝的钱都没有了吧！

过年的真正意义是吃饺子。饺子是母亲和奶奶数着个儿包的，一个个小巧玲珑，像精致的艺术品。饺子里包着四个铜钱，奶奶说，谁吃着谁来年有钱花。我吃了两个，奶奶爷爷各吃了一个。

母亲笑着说："看来我是个穷神。"

"你儿子有了钱，你也就有了。"奶奶说。

"娘，咱家要是真像'财神爷'说的有一麻袋钱就好了。那样，你不用去喂牛，奶奶不用摸黑纺线，爷爷也不用去割草了。"

"哪里还用一麻袋。"母亲苦笑着说。

"会有的，会有的，今年的年过得好，天地里供了饽饽。"——奶奶忽然想起来了，问："金斗他娘，饽饽收回来了吗？"

"没有，光听'财神'穷唱，忘了。"母亲对我说，"去把饽饽收回来吧。"

我来到院子里，伸手往凳子上一摸，心一下子紧缩起来。再一看，凳子上还是空空的。"饽饽没了！"我叫起来。爷爷和母亲跑出来，跟我一起满院里乱摸。

"找到了吗？"奶奶下不了炕，脸贴在窗户上焦急地问。

爷爷找出纸灯笼，把油灯放进去。我擎着灯笼满院里找，灯笼照着积雪，凌乱的脚印，沉默的老杏树，堡垒似的小草垛……

我们一家四口围着灯坐着。奶奶开始唠叨起来，一会儿嫌母亲办事不牢靠，一会儿骂自己老糊涂，她面色灰白，两行泪水流了下来。已是后半夜了，村里静极了。一阵凄凉的声音在村西头响起来，"财神"在进行着最后的工作，他在这一夜里，要把他的祝福送至全村。就在这祝福声中，我家丢失了五个饽饽。

"弄不好是被'财神'这个杂种偷去了。"爷爷把烟袋锅子在炕沿上磕了磕，沉着脸站起来。

"爹，您歇着吧，让我和斗子去……"母亲拉住了爷爷。

"这个杂种，也是可怜……你们去看看吧，有就有，没有就拉倒，到底是乡亲，抬头不见低头见。"爷爷说。

我和母亲踩着雪向村西头跑去。积雪在脚下吱吱地响。"财神"还在唱着，他的嗓子已经哑了，听来更加凄凉：

快点拿，快点拿，

金子银子往家爬；

快点抢，快点抢，

金子银子往家淌。

……

我身体冷得发抖，心中却充满怒火。"财神"，你真毒辣，你真贪婪，你真可恶……我像只小狼一样扑到他身边，伸手夺过了他拎着的瓦罐。

"谁？谁？土匪！动了抢了，我咧着嗓子嚎了一夜，才要了这么几个饺子，手冻木了，脚冻烂了……""财神"叫着来抢瓦罐。

"大田，你别吵吵，是我。"母亲平静地说。

"是大嫂子，你们这是干啥？给我几个饺子后悔了？大侄子，你从罐里拿吧，给了我几个拿回几个吧。"

瓦罐里只有几十个冻得梆梆硬的饺子，没有饽饽。

饽饽上不了天，饽饽入不了地，村里人都在过年，就你"财神"到我家门口去过。我坚信爷爷的判断是准确的。我把瓦罐放在雪地上，又扑到"财神"身上，搜遍了他的全身。"财神"一动也不动，任我搜查。

"我没偷，我没偷……""财神"喃喃地说着。

"大田，对不住你，俺孤儿寡妇的，弄点东西也不容易，才……金斗，跪下，给你大叔磕头。"

"不！"我说。

"跪下！"母亲严厉地说。

我跪在"财神"面前，热泪夺眶而出。

"起来，大侄子，快起来，你折死我了……""财神"伸手拉起我。

屈辱之心使我扭头跑回家去，在老人们的叹息声中久久不能入睡……

天亮的时候我做了一个梦，梦见那五个饽饽没有丢，三个在下，两个在上，呈宝塔状摆在方凳上。

我起身跑到院里，惊得目瞪口呆，我使劲地揉着眼睛，又扯了一下耳朵，很痛，不是在做梦！五个饽饽两个在上三个在下，摆在方凳上呈宝塔状……

这件事一晃就过去了二十多年，我由一个小青年变成一个中年人了。去年，我被任命为市人民法院副院长后，曾回过一次老家，在村头上碰到"财神"，他还那个样，没显老。

（一九八四年十月）

春 夜 雨 霏 霏

　　哥哥，你听得到我的声音吗？——这从远方一个最爱你的人心里发出的浸透着眷眷之情的音波。近来，人们都在谈论着"心灵感应"的事，对此我唯愿其真唯恐其假。我想，爱人的心应该是时刻相连、息息相通的。记得听老人说，从前，有一个母亲怀念儿子，就咬咬自己的手指，远方的儿子便心中疼痛，知道老母正在思念他……现在，我也咬住了自己的手指，直咬得隐隐作痛。但愿这信号已经传导给你，使你也知道我正在思念你，让你在这神秘的雨夜里也像我一样静坐在窗口，听听你这个饶舌的妹妹向你叙说我突然想起来的那些过去的、现在的和将来的事。

　　哥哥，此刻，家乡上空正飘洒着霏霏的春雨。这雨从八点开始到现在已经下了两个多小时。村子已经进入

梦乡，除了淅淅沥沥的雨声，再也没有别的音响。清爽
的小风从窗棂间刮进来，间或有一两个细小的水珠飘落
到我的脸上。哥哥，你还记得我的脸吗？你曾经吻过的
那张脸。人家都说我俊，说我的脸是晒不黑的玉兰花
瓣；你说我不丑，说我的脸像玉兰花瓣一样晒不黑。别
人这样说是奉承我，而你是爱我才这样说。其实，我的
脸是很容易晒黑的，如果你现在见到我，一定会用双手
捧住我的脸说："哟！我的玉兰花瓣怎么变成玫瑰花瓣
了？"你一定会这样说，一定的，因为你爱我……

　　转眼之间，我们结婚已经两年了。前年的三月初
三，是咱俩的好日子。那天，天上飘着毛毛细雨，空气
清冽芳醇。我一夜没合眼，天刚蒙蒙亮就从床上爬起
来。我没有梳洗，也没有换衣，而是把你送给我的那些
贝壳、海螺、鹅卵石全都找出来，我把它们用手绢擦得
干干净净。我摩挲着光洁晶莹的卵石，五光十色的贝
壳，奇形怪状的海螺，耳边仿佛听到了海浪的欢笑，眼
前仿佛出现了那金黄色的海滩。我知道，你是一个守岛
的战士，你深深地爱着海岛上的一切。你觉得你喜爱的
我也一定喜爱，于是就把这些海洋中的、海滩上的瑰宝
寄给我，一次又一次，我已经积攒了几十颗这样的宝
贝。你把我这个从来没见过海的女孩子也给陶冶成了一

个海迷、岛迷。每当从电影上、书本上见到那些奇谲壮观的形象和闪烁着神秘色彩的字眼时，我的心便一阵阵颤栗，因为看见海看见岛我就会想起与海岛共呼吸的你。你送我的宝贝，每时每刻都在对我诉说它们家乡绚丽的景色与动人的神话。我每天夜里，总是要抚摸着它们才能入睡，它们自然而然地进了我的梦境。在梦中，我跟随它们到了镶嵌在万顷碧波之中的像钻石一样熠熠发光的无名小岛……

哥哥，从打和你好了之后，就盼着能早一天……可你却参了军，走的时候，我去送你。在村外的柳林边上，你对我说："兰妹，等着我，三年之后我就回来。"我知道你奔的是正道儿，参军是大好的事儿，可是心里总是发酸，眼睛里的泪夹也夹不住，扑簌簌地往下流。你看看四下无人，就弯起指头替我刮脸上的泪。我真想就势扑进你的怀抱，但是又不敢……

你走了，你沿着蜿蜒的乡间小路走了。你三年没回来，四年还没回来，一直等到五年半上你才回来。我的哥哥，我终于把你盼回来了。人家都说当兵的提拔了军官就另攀高枝，你却不是这样，你这个二十六岁的指导员，回来后的第三天就和我结了婚。哥哥，我真感激你！找一个丈夫容易，找一个知心的爱人却不容易，但是，我却找到了。我是共青团员，不信也不能信鬼神。但我却要感谢老天爷配给了我一个好女婿。你说，你也要感谢老天爷，配给你一个好媳妇。你说这二年当兵的找对象不容易，守岛的大兵找个对象更不容易。你说像我这样漂亮的姑娘完全可以找个比你更好的人，我急忙用手掩住了你的口，我不让你说这种话。我对你说，我永远爱你，是的，永远！你说，你也永远爱我，就像永远爱那座无名小岛一样。你竟把我放在小岛之后，你爱小岛胜过爱我，假如它是个人，我是要嫉妒的。我不明白，你为什么那样执著地爱着那个海中央的荒岛。我问道："假如我和小岛都面临着丢失的危险，你先抢救哪一个？"你说："小岛！"我生气了，一个活灵灵的人，竟比不上那乱石嶙峋的荒岛。我哭了，你却笑了。你笑着说："傻姑娘！小岛是祖国的领土，爱小岛就是爱祖国；不爱祖国的人，值得你爱吗？"我也不好意思地笑了，噙着两眼泪水。

那天上午，九点钟刚过二分，你骑着自行车接我来了，打老远儿我就听到了你按响的那串铃声，丁丁零零，像小溪流水一样欢快，像珠落玉盘一样清脆。你穿着崭新的军装，胸前缀着一朵红花，细雨淋得你的的确良军装半湿不干，更显得花儿红，星儿红，两面旗儿红。你的被海风吹得鬓黑的脸庞上挂着一层细密的水珠，不知是汗水还是雨点。你对着我笑，你对着所有的人笑，露出一口白牙，左侧那颗小虎牙闪烁着晶莹的光亮。人家的姑娘成亲，都是前呼后拥的一大排自行车迎送，而咱们就是一辆车子两个人。你载着我，我坐在垫了毯子的后座上，偷偷地伸出一只手揽住了你的腰，把身子靠在了你宽厚的背上。我亲切地感受到了你的温暖，心中像有一匹小鹿在乱蹦乱跳。娘家离咱家十里远一点，你将车子骑得很慢很慢，还不时地掉回头来看我。雨虽小，工夫长了也淋人，我的刘海一绺绺地粘在额头上。肩头上、胸前隆起的地方都淋湿了，身子感到凉飕飕的。想催你快点骑，我又怕破坏了你的兴致。随你的便，只要能遂你的心意，我吃点苦算什么？你又回过头来看我，车把子一拧，连人带车子下了沟。我仰面朝天躺在沟底下，裤子上、褂子上、后脑勺上都沾满了黄泥。手里拎的小包袱也摔散了，卵石、贝壳、海螺、鸡蛋，摔得东一个西一个。真好！人家都是把新娘子往炕头上接，你却把我填到沟里去了。你的手碰破了，渗出一层血珠，可你好像不觉得痛，急忙把我抱起来，反过来正过来地看，好像我是一个泥娃娃，摔一下就能摔碎了似的。我故意垂下眼皮，装出不高兴的样子。你笨嘴拙舌地向我赔礼道歉，连连敲打着自己的脑壳。看你这副傻样，我再也憋不住地扑哧一声笑了。我们开始捡丢散的东西。美丽的贝壳、卵石上沾着黄泥，我放在衣服上擦。你惊愕地睁大了眼。我说："衣服反正脏了，这些宝贝可要干净才好。"你连声说对，拾起一个虎贝来，就放在我背上擦起来，弄得人浑身痒痒地难受——你呀，真坏！

摔了一跤之后，我们的心情更愉快了，我们的心贴得更紧了。小雨儿迎面飞来，飞到眼里眼睛亮，飞到口里心里甜。我真想在这潇洒的雨幕中多呆一会儿，而你恰好猜到了我的心意，你说："兰兰，道路泥泞，为避免二次下沟，我们还是慢慢走吧，回家后我烧碗姜汤给你喝，保你不感冒。"我说："只要是你说的，我都愿意。"你笑了笑，就一手扶了车把，一手牵着我，慢慢地向前走去。小路曲曲折折，路两边是一排排婀娜的杨柳，柳芽儿半开不开的，柳枝条上泛着鲜嫩的鹅黄色。咱们村是有名的桃林庄，隔老远就看到了一片粉红色的彩霞溶在时疏时密的、如烟如雾的雨丝里。绿柳、红桃、细雨，还有我们俩，和谐而融洽地交织在一起，分也分不开，割也割不断……

你说，家乡美极了，美得像一幅艳丽的水粉画；你说，要画一幅《细雨桃花》送给我。你多才多艺，会吟诗能作画，我爱你爱得简直有点迷信。你送我的那幅《小岛烟霞》，把我的心都陶醉了。那轻波荡漾的泛着玫瑰色光辉的大海，那水天相接处的几笔彩霞，那在小岛上空盘旋着的翅膀上涂上紫红的白鸥，那笼罩在五彩烟霭里的神秘小岛……我虽然没有去过小岛，但我十分熟识它，就像熟识你一样熟识它。我早就把镶在镜框里的《小岛烟霞》从娘家抢了回来（嫂子好不高兴，骂我"女大外向"），端端正正地挂在我们洞房的墙上。我把咱俩的结婚照镶嵌在《小岛烟霞》中。邻居家读艺专的二妹子说，这样就影响了画面的和谐，我说："你不懂。"她笑着点头道："我懂了。我是从艺术的角度去欣赏，而你呢，是用爱情的心灵来点缀。这一点都不矛盾。"是的，的确是这样，我这样做，纯属出于爱你，爱一切和你有关联的东西。我多么想能紧紧地靠在你的肩上，和你一起溶在这小岛烟霞里……

瞧我，你的这个傻妹子，真傻！你不会笑我吗？是的，不会的，你对我说过："兰兰，我的傻姑娘，爱幻想，爱流泪，还像个天真的孩子……"你是爱我这种傻劲的，不是吗？

前年的三月初三，咱俩成了亲，到今年的三月初三，是整整的两年。可是，咱们在一起的日子只有二十天。记得结婚后，梦幻般的日子过得像穿梭一样快，蜜月未度完，假期还有十天，你却要走了。你说，岛上刚分来一批新兵，有大量的思想工作要做。你说，有一个四川籍小兵，还有尿床的毛病，要赶回去对他施行"精神疗法"。你说，岛上那些小菜地该种新苗了。你说二十天没见小岛了，二十天没听到海浪的喧嚣，心里空得慌……你要走了，家里人都感到惊奇，邻居们也感到诧异。父母说："岛上也不差你一个人……"邻居们议论："难道媳妇不称心……"我什么也说不出来，只是用湿漉漉的眼睛紧盯着你，我多么希望你能多住几天，不，多住一天也好……你从我眼睛里，看出了我要说的话，一刹那间，你好像也犹豫起来，脸上露出进退两难的神情。我不是那号糊涂人，我不愿让你为了我的缘故改变你正确的决定，连队需要你，小岛需要你，要走你就走吧，只要不把我忘了就行。你握着我的手说："谢谢你，好妹妹……"我说："谁用你来谢……"一边说着，一边就将成串的泪珠儿滴落在你手上……你走了，我也不能跟你去——父母年纪大了，我要照顾他们。就是这样，你沿着垂柳枝条掩映下的乡间小路走了。你回来时，桃花正开得好似烂漫的轻云；你走时，绿叶参差的枝头刚刚挂上拖着长尾巴的毛茸茸的小桃。你一去又是两年，两年是二十四个月，一年是三百六十天哪！去年的桃花开得如霞如云，你没看见；今年的桃花又如烟如云般开了，你又没看见……

你提着两大包家乡的黄土走了，给你煮好的鸡蛋、炒好的花生你全都不要。你说，土在岛上比金子还贵重，探家回去的干部战士都往岛上带土。

你带着家乡的黄土走了，我亲手装上的黄土；你带着我的思念走了，凝聚在黄土里的思念。

你给我来了二十四封信，一封封我都反反复复地看，重重叠叠地吻。这些从大海深处飞来的沾带着咸滋滋的海味儿的信，传递着海浪对陆地的眷恋。海浪为什么永不疲倦地跳跃，像孩子一样兴奋地挥动着双手？这是它在向大陆倾吐着思恋与爱慕的衷曲，我想是这样。

读着你的信，我就像坐在你面前听你娓娓而谈一样。你那两只细长的眼睛聪慧地眨动着，你那线条分明的双唇轻轻翕动着。你说，海上刚刚刮过三天大风，停止了肆虐咆哮的大海显得分外宁静安谧，海面上缓缓地舒展着一个接一个的长浪，像轻风吹过五月的麦田……你说，海上卷起风暴时，无名小岛仿佛在瑟瑟地颤抖。海洋深处，像有成千上万匹烈马在奔腾，像有几万只铜号在吹响，像有几万门大炮在轰鸣；五六米高的浪头，像排炮一样从四面八方向小岛上倾泻，又像无数只要把这小岛撕碎揉烂的魔兽的巨爪在狠命地抓扯……你说，就是在这样恶劣的天气里，你依然带着同志们上机作战，你不停地调整着机器的旋钮，用电的锐眼搜索着苍茫高远的海空，你紧盯着荧光屏上那些起起伏伏的曲线和闪烁不定的光点，你知道，那些针尖似的亮点，那些麦芒似的银线，有的是礁石的回波，有的是过往的航船，你就是要从这些瞬息万变的线点里，捕捉那些心怀恶念的"鲨鱼"。你说，在一场突来的台风中，报房上的水泥瓦不翼而飞，沉重的钢骨房架竟像纸扎的风筝一样坍塌了。值班的两个战士被堵在屋里，你踢开窗户跳进去把他们救了出来，自己险些被轰然而下的水泥预制件砸住……看到这些，我的心都悬了起来，我真为你担心啊！哥哥，你千万小心谨慎，老天保佑你……

　　你在信中，让我到沟坎上去采撷酸枣仁，要我到田边上去采掘生地黄。你说，要用这些给那个刚满十八岁的患了遗尿症的四川小兵治病。你说他为这叫人难为情的病所纠缠，思想负担很重，甚至产生了一些不健康的想法，你耐心地给他做思想工作，你还对连里的同志们提了三点要求：一是要关心小丁，二是要帮助小丁，三是不准歧视小丁。你让小丁搬进了自己宿舍，你在枕头底下放了一个闹钟，每天夜里喊他起来解三次手。你拉他晨起跑步，增强他的体质；你给他讲保尔的故事，坚定他的意志。你对我说，小丁的病见好了。你又一次对我说，吃了我采的药，小丁的病完全好了。你寄给我一张小丁的照片，细细的眼睛弯弯的眉，长得真像你的弟弟。他在照片里对着我笑，我看着被酸枣刺扎得结满了小疤的双手，心里就像灌了蜜一样甜……

　　前年的夏天里，你说岛上的菜地里收获了一个一百斤重的大冬瓜，像我们家乡轧场的石磙。去年的秋天，你说和战士们去抓螃蟹，被蟹钳夹住了手指。今年春天，你说在海滩上巡逻时，捡到了一条搁浅的大鱼，四个人才抬回去……你去年又说不能探家了，因为岛上的机器要大检修；你今年又说不能探家了，因为连队里要进行人生观教育……

　　今天是什么日子，你还记得吗？我的哥哥，你肯定忘了。你忘不了的，只有你的岛，只有你的海。让我告诉你吧，今天是三月初三，就是那个细雨霏霏的日子。在那个日子里，大地得到了甘霖的滋润，我得到了你火一样热烈、水一样温柔的爱抚。从那一天起，咱俩就像两滴水一样合在了一起。今天又是三月初三，天上又落下了如丝如缕的细雨，可是……

咱们墙上的挂钟刚刚敲过十二点的钟声，我依然跪在窗棂前，眼望着窗外黑魆魆的夜，耳听着沙沙的雨声，雨点儿斜飞进来，落到我的脸上、胸上……哥哥，这会儿，你在干什么？也许你正背着手枪在海滩上巡逻，你的四周是一片遥远而神秘的黑暗，远方的大洋里清晰地传来浪涛低沉的嗳嚅，潮头舔舐着你脚下的砂石，沙砾中仿佛有无数的小生灵在喁喁低语。你沿着沙滩拐到小岛另一面临海的峭壁上，你站在一块巨石上极目远望，远处的海面上闪动着暗绿色的磷光，像有无数只萤火虫麇集在那里。有一盏航标灯在时隐时现地眨眼，一团浓重的白雾包住了灯火，标灯亮起来时，海面上就有一个轮廓分明的光环在忽上忽下、忽左忽右、飘摇不定地闪烁。你又摸上了岛中央的甘泉顶，甘泉顶上确有一股你和战友们发现的茶碗口粗的甘泉，泉水清冽甘美，胜过醇酒。你说过，在这海中央的荒岛上出现这样一股泉水，不能不算是个奇迹。自从泉水引出来之后，吸引来了成群结队的海鸟，每当夕阳余晖把海岛涂抹得五彩缤纷时，鸟儿们便寄宿来了，各种各样的啼叫声震耳欲聋，甘泉顶上一片银白。你上了甘泉顶，顶上有一个哨棚。站岗的是小李，他这几天闹肚子，身体较弱，你硬把他推回去，自己站在了哨位上。夜是这样地深沉，小岛仿佛是一个被大海母亲轻轻推动着的摇篮，在慢慢地悠来荡去，夜宿的鸟儿在睡梦中啁啾。你那双细长的眼里射出警惕的光芒，巡视着黑暗中的一切……祖国没有睡觉，小岛没有睡觉，你没有睡觉，我也没有睡觉……

雨还在不停地下，这真是及时雨啊，庄稼人盼它都盼红了眼。开春以来，连个雨点儿也没落过，越冬的麦苗儿都黄了叶子，地上龟裂着指头宽的纹，连路边的小树也整日卷曲着叶片，懒洋洋地垂着头。我分工负责的那半亩棉花种子落了干，出不来苗，我就到河里挑水去浇。从河里到地里一个来回三里路，一天要跑几十个来回，就这样连挑了半个月，我的那件花格子小褂（你用它擦过贝壳上的泥）肩头上已经补了两层补丁，我柔嫩的肩膀上也磨出了老茧。地真是干透了，干得就像一块刚出窑的热砖，一桶水浇上去，霎时就不见了。这些天又老是刮西南风，热嘟嘟的又干又燥，我的嘴唇上裂了许多小口子，一笑就流血丝儿，幸好我没有心思笑。大家伙儿都不时地仰脸望着头上的青天，天空湛蓝明净，半丝儿云也没有，真叫人失望。我好像听到了土坷垃重压之下的棉苗儿发出了痛苦的呻吟与求救的呼叫，于是，就拼命地挑呀挑，能救活一棵算一棵吧！我的劲没有白费，那半亩棉花，苗儿竟出齐了。

晚上，当我拖着疲惫的身子走进我们的洞房时，劳累与思念交集而来，我偷偷地哭过好几次。哥哥，我真盼望你回来，我不图你当官挣钱，只图个夫妻团圆，只要有你在我身边，再苦再累我也不怕。然而，我知道这暂时不能够，海岛还需要你，连队还需要你，我不能拖你的后腿，为了怕你分心，家乡的旱情我一直对你隐瞒着不说，我一直对你说，很好，一切都很好……可是，我又没有办法不思念你，我常常痴呆呆地坐在炕头上，望着镶嵌在《小岛烟霞》中的结婚照，我的心飞向了小岛，飞到了你的身边。我每天晚上铺床时，总是按照我们结婚时那样式，并排儿放上两个枕头，你的在外，我的在里……我甜蜜地回忆着我们在一起的日子里的每一个细节，每天晚上，我都要复习这功课，每次都沉醉在无边无际的遐想中……

今天早晨，不是，是昨天早晨了，太阳刚一出山，就被一团灰白色的云罩住了。俗谚说："日头戴帽雨来到。"果然，天阴了，西南风也息了，空气中有了湿润的水汽，吸进肺里，舒坦极了。我在心里虔诚地祝祷着，盼望老天下点雨，但又不敢说出口，生怕把云吓跑

了似的。傍晚时分，云愈来愈低，愈来愈厚，有一*丝丝*
*凉飕飕*的风吹来，风里有一股土腥味。终于，八点整，
一阵较大的风吹过来，黑压压的天空变成了凝重的铅灰
色，院子里的小树好像预感到了雨的来临，兴奋地抖动
着枝叶，一只鸟儿尖叫着掠过去，紧接着，雨点儿啪啪
地摔到了地上，刚开始雨点很稀，渐渐地就密起来了。
啊呀，老天爷，终于下雨了！我跳到院子里，仰起脸，
张开口，让雨点儿尽情地抽打着，积聚在心头的烦恼让
喜雨一下子冲跑了。雨愈下愈急，天空中像有无数根银
丝在抽曳。天墨黑墨黑，我偷偷地脱了衣服，享受着这
天雨的沐浴，一直冲洗得全身滑腻时，我才回了房。擦
干了身子后，我半点儿睡意也没有了，风吹着雨儿在天
空中织着疏密不定的网，一种惆怅交织着孤单寂寞的心
情，也像网一样罩住了我……

　　现在，大地正袒露着胸膛，吮吸着生命的源泉，而
我，却一个人跪在这不停地送来清风与水点的窗棂前，
羡慕着久盼甘霖而终于得到了甘霖的禾苗，这是一个微
妙的、变幻莫测的时刻，这是一种复杂的、混合着欢乐
与痛苦的情绪，一个与土地息息相关的边防军的年轻妻
子在春雨潇潇之夜里油然而生的情绪。我打了一个寒
噤。怕是要感冒了——今天夜里我有点收束不住自己，

亢奋轻狂。我不想进被窝，也不愿拉件衣服来遮遮风寒。我双手抱着圆润平滑的肩头，将身子舒适地蜷曲起来，像一只娇痴憬懂的小猫。

前几封信里，我曾对你流露过怨艾的情绪，请你原谅我吧，哥哥，我是想你想急了，才那样做的。你为了海岛连队不能回来；我想去你那里又撇不下地里的庄稼与暮年的父母。我们在一起呆了二十天，只有二十天……

哥哥，你对我说过，"两情若是久长时，又岂在朝朝暮暮"。这诗句给了我极大的安慰。我们已经有了二十个朝朝暮暮，这已经很够了。你在那二十天之里和二十天之外通过各种方式给予我的爱情像潮水一样把我、把一个单纯真挚的姑娘淹没了，我由衷地赞叹你把爱海岛与爱妻子完美地统一起来的高超艺术——假如这是一门艺术的话。这一切你做得是那样自然，那样和谐，你的身躯在为着祖国尽责，却仍然能把爱情的触角伸到妻子的心里。

母亲刚刚咳嗽了一阵。她老人家身体很弱，但还是整日地操劳家务。她像疼女儿一样疼我，吃饭时，总是往我碗里夹菜。她常常骂你："这个混小子，这个混小子，又是一个月没来信了吧？"接着就掐着指头算：

"不到，不到一个月，二十五天了……"她还常对我说："唉唉，这孩子，娶了媳妇的人，还当什么兵……孩子，让你受委屈了，年轻轻的，不易啊……"真是不易啊，哥哥！可你是真有道理的，我不怨你。我们失却了瞬时的欢娱，却得到了幸福的永恒。盼望你，反复咀嚼那些逝去温馨的旧梦和不断憧憬日益更新生长着的植根于远大理想之上的情爱，正是一种最令人难以忘怀的幸福，它就像一杯带点苦味儿的香茶，一个带点涩味儿的苹果，一瓶带点酸味儿的橘子汁……

　　刚才有一阵风从庭院里掠过，院子里的桃树枝儿窸窸窣窣地响。桃花儿正盛开，前几天，院子里飞舞着嗡嗡嘤嘤的蜜蜂。由于天旱，花儿也显得憔悴、枯槁。这雨来得正是时候，明天早晨，不，今天早晨，红日初升的时候，一定有一幅美丽的图画在院子里呈现：乳白色的像蝉翼像轻纱一样的晨雾里，翠绿的桃叶上挂满亮晶晶的水珠，枝头花重，鲜润丰泽。花开花落，韶华难留。然而桃花落后，枝头上必将缀满小桃，这是比花儿更充实更完美的花的爱情的结晶。哥哥，我对不起你，我恨自己，在那些日子里，我们的爱情本已经孕育了一个小小桃儿的，可是，他却过早地脱落了。要不然，我的身边就有了一个复写的你，想你的时候，我就可以亲他吻他……

　　天就要亮了，雨声也零落起来。雨点儿落在花树上、落在泥土上、落在门前倒扣的水桶上，噗噗簌簌的、滴滴答答的、丁丁冬冬的声响一齐传来，我倾听着，像倾听着海岛上潮汐的涨落，像倾听着你稳健有力的心跳，像倾听着缥缈中传来的音乐。

　　　　　　　　（初刊于《莲池》一九八一年第五期）

丑　兵

　　他长得很丑，从身材到面孔，从嘴巴到眼睛，总之——他很丑。

　　算起来我当兵也快八年了。这期间迎新送旧，连队里的战士换了一茬又一茬，其中漂亮的小伙子委实不少，和他们的感情也不能算不深，然后，等他们复员后，呆个一年半载，脑子里的印象就渐渐淡漠了，以至于偶尔提起某个人来，还要好好回忆一番，才能想起他的模样。但是，这个丑兵，却永远地占领了我记忆系统中的一个位置。这几年来，随着年龄的增长和对人生、社会的日益深刻的理解，他的形象在我心目中也日益鲜明高大起来，和他相处几年的往事，时时地浮现在我的眼前，对他，我是怀着深深的愧疚，这愧疚催我自新，催我向上，提醒我不被浅薄庸俗的无聊情趣所浸淫。

七六年冬天，排里分来了几个山东籍新战士，丑兵是其中之一。山东兵，在人们心目中似乎都是五大三粗、憨厚朴拙的。其实不然，就拿分到我排里的几个新兵来说吧，除丑兵——他叫王三社——之外，都是小巧玲珑的身材，白白净净的脸儿，一个个蛮精神。我一见就喜欢上了他们。只有这王三社，真是丑得扎眼眶子，与其他人站在一起，恰似白杨林中生出了一棵歪脖子榆树，白花花的鸡蛋堆里滚出了一个干疤土豆。

我那时刚提排长，少年得志，意气洋洋，走起路来胸脯子挺得老高，神气得像只刚扎毛的小公鸡。我最大的特点是好胜（其实是虚荣），不但在军事技术、内务卫生方面始终想压住兄弟排几个点子，就是在风度上也想让战士们都像我一样（我是全团有名的"美男子"）。可偏偏分来个丑八怪，真是大煞风景。一见面我就对他生出一种本能的嫌恶，心里直骂带兵的瞎了眼，有多少挺拔小伙不带，偏招来这么个丑货，来给当兵的现眼。为了丑兵的事，我半开玩笑半认真地找连长蘑菇，想让连里把丑兵调走。不料连长把眼一瞪，训道："干什么？你要选演员？我不管他是美还是丑，到时候能打能冲就是好兵！漂亮顶什么用？能当大米饭？能当手榴弹？"

　　吃了我们二杆子连长一个顶门闩，此事只好作罢。然而，对丑兵的嫌恶之感却像疟疾一样死死地缠着我。有时候，我也意识到这种情绪不对头，但又没有办法改变。唉！可怕的印象。

　　丑兵偏偏缺乏自知之明，你长得丑，就老老实实的，少出点风头吧，他偏不，他对任何事情都热心得让人厌烦，特喜欢提建议，不是问东，就是问西，口齿又不太清楚，常常将我姓郭的"郭"字读成"狗"字，于是我在他嘴里就成了"狗"排长。这些，都使我对他的反感与日俱增。

　　不久，春节到了。省里的慰问团兴师动众来部队慰问演出。那时候，还讲究大摆宴席隆重招待这一套，团里几个公务员根本忙不过来，于是，政治处就让我们连派十个公差去当临时服务员。连里把任务分给了我们排，并让我带队去。这码子事算是对了我的胃口。坦率地说，那时候我是一个毛病成堆的货色，肚子里勾勾弯弯的东西不少。去当服务员，美差一桩，吃糖抽烟啃苹果是小意思，运气好兴许能交上个当演员的女朋友呢！

　　我立即挑选了九个战士，命令他们换上新军装，打扮得漂亮一点，让慰问团的姑娘们见识见识部队小伙的风度。就在我指指划划地做"战前动员"时，丑兵回来了，一进门就嚷："'狗'排长，要出公差吗？"他这一嚷破坏了我的兴致，便气愤愤地说："什么狗排长、猫排长，你咋呼什么！"他的嗓门立时压低了八度："排长，要出公差吗？我也算一个。"我不耐烦地挥挥手："去，去，你靠边稍息去。""要出公差也不是孬事，咋让靠边稍息呢？"丑兵不高兴地嘟哝着。我问："你不是去炊事班帮厨了吗？""活儿干完了，司务长让我回来歇歇。""那你就歇歇吧，愿玩就玩，不愿玩就睡觉，怎么样？"谁料想，他一听就毛了，说："'狗'排长，你不要打击积极性呦！大白天让人睡觉，我不干！"我的兴致被他破坏了，心里本来就有些不快，随口揶揄他说："你瞎咕唧什么？什么事也要插一嘴。你去干什么？去让慰问团看你那副漂亮脸蛋儿？"这些话引得在一旁的战士们一阵哈哈大笑。和丑兵一起入伍的小豆子也接着我的话茬儿说："老卡（他们称丑兵为卡西莫多），你这叫猪八戒照镜子——自找难看。俺们是美男子小分队，拉出去震得那些演员也要满屁股冒青烟。你呀，还是敲钟去吧！"

战士们又是一阵大笑。这一来丑兵像是挨了两巴掌，本来就黑的脸变成了青紫色，他脑袋耷拉着，下死劲将帽子往下一拉，遮住了半个脸，慢慢地退出门去。

我意识到自己刚才的话说得有些过分，不免有些懊悔。

从打这件事之后，丑兵就像变了个人，整天闷着头不说话，见了我就绕着走，我心想：这个熊兵，火气还不小咪。小豆子他们几个猴兵，天天拿丑兵开心，稍有点空闲，就拉着丑兵问："哎，老卡，艾丝美拉达没来找你吗？"丑兵既不怒，也不骂，只是用白眼珠子望着天，连眼珠也不转动一下——后来我想，他这是采用了鲁迅先生的战术——可是小豆子这班子徒有虚名的高中生们理解不了他这意思，竟将丑兵这表示极度蔑视之意的神态当作了辉煌的胜利。

丑兵对我好像抱有成见，在一段不短的时间里，他竟没跟我说一句话。在排务会上，我问他为什么，他直截了当地说："我瞧不起你！"这使我的面子受了大大的损伤，使我更增加了对他的反感，这小子，真有点邪劲，他竟然瞧不起我！

有一阵子，排里的战士们都在衣领上钉上了用白丝线钩织成的"脖圈"，红领章一衬，怪精神的。可是，连里说这是不正之风，让各排制止，我心里不以为然，只在排点名时浮皮潦草地说了几句，战士们也不在意，白脖圈照戴不误。

有一天中午，全排围着几张桌子正在吃饭，小豆子他们几个对着丑兵挤鼻子弄眼地笑，我不由得瞅了丑兵一眼。老天爷，真没想到，这位老先生竟然也戴上了脖圈！这是什么脖圈哟！黑不溜秋，皱皱巴巴，要多窝囊有多窝囊，我撇了撇嘴，转过脸来。小豆子一看到我的脸色，以为开心的机会又来了。他端着饭碗猴上去。

"哎，老卡同志，"小豆子用筷子指指丑兵的脖圈，说道，"这是艾丝美拉达小姐给你织的吧？"

好几个人把饭粒从鼻孔里喷出来。

丑兵的眼睛里仿佛要渗出血来，他把一碗豆腐粉条稳稳当当地扣在了小豆子脖子上，小豆子吱吱哟哟叫起来了。

我把饭碗一摔，对着丑兵就下了架子。

"王三社！"

他看了我一眼，不说话。

"你打算造反吗？"

他又望了我一眼，依然不说话。

"把脖圈撕下来！"

他瞪了我一眼，慢慢地解开领扣，嘴里不知嘟哝着什么。

"你也不找个镜子照照那副尊容，臭美！"我还觉着不解气，又补充上一句，"马铃薯再打扮也是个土豆！"

他仔细地拆下脖圈，装进衣袋。这时，小豆子哼哼唧唧地从水龙头旁走过来，脖子像煮熟的对虾一样。

小豆子揎拳捋袖地跳到丑兵跟前，我正要采取紧急措施制止这场即将爆发的战争，丑兵开口说话了："脖圈是俺娘给织的，俺娘五十八了，眼睛还不好……"他抽抽搭搭地哭起来，双手捂着脸，泪水顺着指缝往下流，两个肩膀一个劲地哆嗦。多数人都把责备的目光投向小豆子，小豆子两只胳膊无力地垂下来，伸着个大红脖子，活像在受审。

这件事很快让连里知道了。指导员批评我对待丑兵的不公正态度，我心里虽有点内疚，但嘴里却不认输，东一条西一条地给丑兵摆了好多毛病。

小豆子吃了丑兵的亏，一直想寻机报复。他知道动武根本不是丑兵的对手，况且，打起来还要受处分。于是，他就千方百计地找机会，想让丑兵再出一次洋相。

五一劳动节晚上，全连集合在俱乐部开文娱晚会。老一套的节目，譬如连长像牛叫一样的独唱，指导员胡诌八扯的快书，引起了一阵阵的哄堂大笑。晚会临近尾声时，小豆子对着几个和他要好的老乡挤挤眼，忽地站起来，高声叫道："同志们，我提议，让我们的著名歌唱家王三社同志给大家唱支歌，好不好？""好！"紧接着是一阵夸张的鼓掌声。我先是跟着拍了几下掌，但即刻感觉到有一股别扭、很不得劲的滋味在心头荡漾开来。丑兵把脑袋夹在两腿之间，一动也不动。小豆子对着周围的人扮着鬼脸，又伸过手去捅捅丑兵："哎，歌唱家，别羞羞答答呦。不唱，给表演一段《巴黎圣母院》怎么样？"

全场哗然，我刚咧开嘴想笑，猛抬头，正好碰到了连长恼怒的目光和指导员严峻的目光。我急忙站起来，喝道："小豆子，别闹了！"小豆子余兴未尽，悻悻地坐下去。指导员站起来正要说些什么，没及开口，丑兵却像根木桩似的立起来，大踏步地走到台前，抬起袄袖子擦了两把泪水，坚定地说："谢谢同志们的好意，我表演！"

我惊愕地半天没闭上嘴巴，这老弟真是个怪物，他竟要表演！

然而他确实是在表演了，真真切切地在表演了。看起来，他很痛苦，满脸的肌肉在抽搐。

他说："当卡西莫多遭受着鞭笞的苦刑，口渴难挨时，美丽的吉卜赛姑娘艾丝美拉达双手捧着一罐水送到他唇边。这个丑八怪饮过水之后，连声说着'美！美！

美！'"丑兵模仿着电影上的动作和腔调连说了三个"美"字，"难道卡西莫多在这时所想的所说的仅仅是艾丝美拉达美丽的外貌吗？"停顿了一下，他又接着说："当艾丝美拉达即将被拉上绞架时，丑八怪卡西莫多不避生死将艾丝美拉达救出来，他一边跑一边高喊'避难！避难！'"丑兵又模仿着电影上的动作和声音连喊了二声"避难"，"难道这时候卡西莫多留给人们的印象仅仅是一副丑陋的外貌吗？"

丑兵说完了，表演完了，木然地站着。满室寂然无声，听得到窗外的杨叶在春风中哗哗地浅唱。没人笑，没人鼓掌，大家都怔怔地望着他，像注视着一尊满被绿锈红泥遮住了真面目的雕塑。我的脸上，一阵阵发烫，偷眼看了一下小豆子，只见他讪讪地涎着脸，一个劲地折叠衣角……

那次晚会之后，丑兵向连里打了一个很长的报告，要求到生产组喂猪，连里经过反复研究，同意了他的请求。

一晃三年过去了，我已提升为副连长，主管后勤，又和丑兵经常打起交道来了。要论他的工作，那真是没说的，可就是不讨人喜欢，他性格变得十分孤僻，一年中说的话加起来也不如小豆子一天说的多，而且衣冠不整，三年来没上过一次街。我找他谈了一次，让他注意点军人仪表，他不冷不热地说："副连长，我也不与外界接触，绝对保证丢不了解放军的脸，再说，马铃薯再打扮也是个土豆，何必呢？"他顶了我一个歪脖烧鸡，我索性不去管他了。

七九年初，中越边境关系紧张到白热化程度，大有一触即发之势。连队里已私下传开要抽调一批老战士上前线的消息，练兵热潮空前高涨，晚上熄灯号吹过之后，还有人在拉单杠，托砖头。丑兵却没有丝毫反应，整天闷闷不响地喂他的猪。

终于，风传着的消息变成了现实。刚开过动员大会，连队就像一锅开水般沸腾起来。决心书、请战书一摞摞地堆在连部桌子上。有的人还咬破指头写了血书。

这次抽调的名额较大，七六、七七两年的老兵差不多全要去。老兵们也心中有数，开始忙忙碌碌地收拾起行装来了。下午，我到猪圈去转了一圈，想看看这个全连唯一没写请战书的丑兵在干什么。说实话，我很恼火，你不想入团也罢，不想入党也罢，可当侵略者在我边境烧杀掳掠，人们都摩拳擦掌地等待复仇的机会而这机会终于来了的时候，你依然无动于衷，这种冷漠态度实在值得考虑。

丑兵正在给一只老母猪接生，浑身是脏东西，满脸汗珠子。看着他这样，我原谅了他。

晚上，支委会正式讨论去南边的人员名单，会开到半截，丑兵闯了进来。他浑身上下湿漉漉的，大冷的天，赤脚穿着一双沾满粪泥的胶鞋，帽子也没戴，一个领章快要掉下来，只剩下一根线挂连着。

他说话了："请问各位连首长，这次是选演员还是挑女婿？"

大家面面相觑，不知他葫芦里卖的什么药。

他又说："像我这样的丑八怪放出的枪弹能不能打死敌人？扔出的手榴弹会不会爆炸？"

指导员笑着问："王三社同志，你是想上前线哪？"

丑兵眼睛潮乎乎地说："怎么不想？我虽然长得不好看，但是，我也是个人，中国青年，中国人民解放军战士！"

他啪地一个标准的向后转，迈着齐步走了。

丑兵被批准上前线了。当我把这个消息告诉他时，他一把攥住了我的手，使劲地摇着，一边笑，一边流眼泪。我的双眼也一阵热辣辣的。

在送别会上，丑兵大大方方地走到了台前，他好像变了个人，一身崭新的军装，新理了发，刮了胡子。最使我震动的是：他的衣领上又缀上了他的现在已是六十岁的眼睛不好的母亲亲手编织的、当年曾引起一场风波的那只并不精致的脖圈！我好像朦胧地意识到，丑兵的这一举动有深深的含义。这脖圈是对美的追求？是对慈母的怀念？不管怎么样，反正，假如有人再开当年小豆子开过的那种玩笑，我也会给他脑袋上扣一碗豆腐粉条。

他说："同志们，三年前你们欢迎我唱歌，由于某些原因，我没唱，对不住大家，今天补上。"

在如雷的掌声中，他放开喉咙唱起来：

春天里苦菜花开遍了山洼洼，
丑爹丑妈生了个丑娃娃。
大男小女全都不理他，
丑娃娃放牛羊独自在山崖。

夏天里金银花漫山遍野开，
八路军开进呀山村来。
丑娃娃当上了儿童团，
站岗放哨还把地雷埋。

秋天里山菊花开得黄澄澄，
丑娃娃抓汉奸立了一大功。
王营长刘区长齐声把他夸，
男伙伴女伙伴围着他一窝蜂。

冬季里雪花飘飘一片白，
丑娃娃当上了八路军。
从此后无人嫌他丑，
哎哟哟，我的个妈妈咪。
……

像一阵温暖的、夹带着浓郁的泥土芳香的春风吹进
俱乐部里来。漫山遍野盛开的野花，雪白的羊群，金黄
的牛群，蓝蓝的天，青青的山，绿绿的水……一幅幅亲
切质朴而又诗意盎然、激情盎然的画图，随着丑兵如怨
如慕、如泣如诉的悠扬歌声在人们脑海里闪现着。我在
想：心灵的美好是怎样弥补了形体的瑕疵，英勇的壮
举、急人之难、与人为善、谦虚诚实的品格是怎样千古
如斯地激励着、感化着一代又一代的人。

丑兵唱完了，站在那里，羞涩地望着同志们微笑，
大家仿佛都在思虑着什么，仿佛都沉浸在一种纯真无邪

的感情之中。

　　小豆子离座扑上前去，一下子把丑兵紧紧搂起来，眼泪鼻涕一齐流了出来，嘴里嘈嘈地嚷着："老卡，老卡，你这个老卡……"

　　猛然，满室又一次爆发了春雷一般的掌声，大家仿佛刚从沉思中醒过来似的，齐刷刷地站起来，把丑兵包围在垓心……

　　开完欢送会，我思绪万千，躺在床上翻来覆去睡不着，惭愧的心情愈来愈重。我披衣下床，向丑兵住的房子走去——他单独睡在猪圈旁边一间小屋里。时间正是古历的初八九，半个月亮明灿灿地照着营区，像洒下一层碎银。小屋里还亮着灯，我推开门走进去，丑兵正在用玉米糊糊喂一头小猪崽，看见我进去，他慌忙站起来，连声说："副连长，快坐。"他一边说着，一边把喂好的小猪抱进一个铺了干草的筐子里："这头小猪生下来不会吃奶，放在圈里会饿死的，我把它抱回来单养。请连里赶快派人来接班，我还有好多事要交代呢……"

　　"多好的同志啊！"我想，"从前我为什么要那样不公正地对待他呢？"我终于说道："小王，说起来我们也是老战友了，这些年我侮辱过你的人格，伤害过你的自尊心，我向你道歉。"他惶恐地摆着手说："副连长，看你说到哪里去了，都恨我长得太次毛，给连队里抹了灰。"

我说："小王，咱们就要分手了，你有什么话就说出来吧，千万别憋在肚子里。"

他沉吟了半晌："可也是，副连长，我这次是抱着拼将一死的决心的，不打出个样子来，我不活着回来。因此，有些话对你说说也好，因为，您往后还要带兵，并且肯定还要有长得丑的战士分到连里来，为了这些未来的丑战友，我就把一个丑兵的心内话说给您听听吧。

"副连长，难道我不愿意长得像电影演员一样漂亮吗？但是，人不是泥塑家手里的泥，想捏个什么样子就能捏出个什么样子。世界上万物各不相同，千人千模样，丑的，美的，不美不丑的，都是社会的一分子，王心刚、赵丹是个人，我也是个人……

"每当我受到战友的奚落时，每当我受到领导的歧视时，我的心便像针儿扎一样疼痛。

"我经常想，三国时诸葛亮尚能不嫌庞统掀鼻翻唇，说服刘备而委其重任；春秋时齐灵公也能任用矮小猥琐的晏婴为相。当然，我没有出众的才华，但是我是生在这样一个伟大的时代，一个真正把人当作人的时代啊！

我们连长、排长，不应该比几千年前的古人有更博大的胸怀和更人道的感情吗？

"我不敢指望人们喜欢我，也不敢指望人们不讨厌我。爱美之心，人皆有之；厌丑之心，人亦皆有之。谁也不能扭转这个规律，就像我的丑也不能改变一样。但是，美，仅仅是指一张好看的面孔吗？小豆子他们叫我卡西莫多，开始我认为是受了侮辱，渐渐地我就引以为荣了。我宁愿永远做一个丑陋不堪的敲钟人，也不去做一分钟仪表堂堂的宫廷卫队长……

"想到这些，我像在黑暗的夜空中看到了璀璨的星光。我应该坚定地走自己的路。许许多多至今还被人们牢记着的人，他们能够千古留名，绝大多数不是因为他们貌美；是他们的业绩，是他们的品德，才使他们的名字永放光辉……

"我要求来喂猪是有私念的，我看好了这间小屋，它能提供给我一个很好的学习环境。两年来，我读了不少书——是别人代我去借的，并开始写一部小说。"

他从被子下拿出厚厚一叠手稿。"这是我根据我们家乡的一位抗日英雄的事迹写成的。他长得很丑……小时天花落了一脸麻子……后来他牺牲了……我唱的歌子里就有他的影子……"

他把手稿递给我，我小心翼翼地翻看着，从那工工整整的字里行间，仿佛有一支悠扬的歌子唱起来，一个憨拙的孩子沿着红高粱烂漫的田间小径走过来……

"副连长，我就要上前线了，这部稿子就拜托您给处理吧……"

我紧紧地拉着他的手，久久地不放开："好兄弟，谢谢你，谢谢你给我上了一堂人生课……"

几个月后，正义的复仇之火在南疆熊熊燃起，电台上、报纸上不断传来激动人心的消息，我十分希望能听到或看到我的丑兄弟的名字，然而，他的名字始终未能出现。

又过了一些日子，和丑兵一块上去的战友纷纷来了信，但丑兵和小豆子却杳无音讯。我写了几封信给这些来信的战友，向他们打听丑兵和小豆子的消息。他们很快回了信，信中说，一到边疆便分开了，小豆子是和丑兵分在一起的。他们也很想知道小豆子和丑兵的消息，正在多方打听。

丑兵的小说投到一家出版社，编辑部很重视，来信邀作者前去谈谈，这无疑是一个大喜讯，可是丑兵却如石沉大海一般，这实在让人心焦。

终于，小豆子来信了。他双目受伤住了医院，刚刚拆掉纱布，左目已瞎，右目只有零点几的视力。他用核桃般大的字迹向我报告了丑兵的死讯。

丑兵死了，竟应了他临行时的誓言。我的泪水打湿了信纸，心在一阵阵疼挛，我的丑兄弟，我的好兄弟，我多么想对你表示点什么，我多么想同你一起唱那首丑娃歌，可是，这已成了永远的遗憾。

小豆子写道：……我和三社并肩搜索前进，不幸触发地雷，我眼前一黑，就倒了下去。不知过了多长时间，我感觉到被人背着慢慢向前爬行。我大声问："你是谁？"他瓮声瓮气地说："老卡。"我挣扎着要下来，他不答应。后来，他越爬越慢，终于停住了。我意识到不好，赶忙喊他，摸他。我摸到了他流出来的肠子。我拼命地呼叫："老卡！老卡！"

他终于说话了，还伸出一只手让我握着："小豆子……不要记恨我……那碗豆腐……炖粉条……"

他的手无力地滑了下去……

（一九八二年）

放　　鸭

　　青草湖里鱼虾繁多，水草繁茂。青草湖边人家古来就有养鸭的习惯。这里出产的鸭蛋个大双黄多，半个省都有名。有些年，因为"割资本主义尾巴"，湖上鸭子绝了迹。这几年政策好了，湖上的鸭群像一簇簇白云。

　　李老壮是养鸭专业户，天天撑着小船赶着鸭群在湖上漂荡。沿湖十八村，村村都有人在湖上放鸭。放鸭人有老汉，有姑娘，大家经常在湖上碰面，彼此都混得很熟。

　　春天里，湖边的柳枝抽出了嫩芽儿，桃花儿盛开，杏花儿怒放，湖里长出了鲜嫩的水草，放鸭人开始赶鸭子下湖了。

　　湖水绿得像翡翠，水面上露出了荷叶尖尖的角。成双逐对的青蛙嘎嘎叫着。真是满湖春色，一片蛙鸣。老壮一下湖就想和对面王庄的放鸭人老王头见见面，可一连好几天也没碰上。

这天，对面来了个赶着鸭群的姑娘。姑娘鸭蛋脸儿，黑葡萄眼儿，渔歌儿唱得脆响，像在满湖里撒珍珠。

两群鸭子齐头并进，姑娘在船上送话过来：

"大伯，您是哪个村的——"

"湖东李村，"老壮瓮声瓮气地回答，"你呐，姑娘？"

"湖西王庄。"

"老王呢？"

"老了，退休了。"姑娘抬起竹篙，用力一撑，小船转向，鸭群拐了弯儿。

"再见，大伯！"

他们就这样认识了。

有一天，老壮又和姑娘在湖上碰了面。几句闲话之后，姑娘郑重其事地问：

"大伯，你们村有个李老壮吗？"

老壮愣了一下神，反问道：

"有这么个人，你问他干什么？"

姑娘的脸红了红，上嘴唇咬咬下嘴唇，说：

"没事，随便问问。"

"不会是随便问问吧？"老壮奁拉着眼皮说。

"这户人家怎么样？"姑娘问。

"难说。"

"听说李老壮手脚不太干净，前几年偷队里的鸭子被抓住，在湖东八个村里游过乡？"

"游过。"老壮掉过船头，把鸭子撵得惊飞起来。

姑娘提起的这件事戳到了李老壮的伤心疤上。"四人帮"横行那些年，上头下令，不准个人养鸭，李老壮家那十几只鸭子被生产队里"共了产"，老壮甭提有多心疼。家里的油盐钱全靠抠这几只鸭屁股啊！那时，村子里主事的是一个好吃懒做的主任，"共产"来的鸭子，被他和他的造反派战友们当夜宵吃得没剩几只了。老壮本来是村子里有名的老实人，老实人爱生哑巴气，一生气就办了荒唐事。他深更半夜摸到鸭棚里提了两只鸭子——运气不济——当场被巡夜的民兵抓住了。

主任没打他，也没骂他，只要把两只鸭子拴在一起，挂在他的脖子上，在湖东八个村里游乡。主任带队，一个民兵敲着铜锣，两个民兵端着大枪。招来了成群结队的人，像看耍猴的一样。为这事老壮差点上了吊。

　　姑娘提起这事，不由老壮不窝火。从此，他对她起了反感。他尽量避免和她碰面，实在躲不过了，也爱理不理地冷淡人家。姑娘还是那么热情，那么开朗。一见面，先送他一串银铃样的笑声，再送他一堆蜜甜的"大伯"。老壮面子上应付着，心里却在暗暗地骂：瞧你那个鲤鱼精样子，浪说浪笑，不是好货！

　　一转眼春去夏来，湖上又换了一番景色。荷田里荷花开了，湖里整日荡漾着清幽的香气。有一天，晴朗的天空突然布满了乌云，雷鸣电闪地下了一场暴风雨。李老壮好不容易才拢住鸭群，人被浇成一只落汤鸡。暴雨过后，天空格外明净，湖上水草绿得发蓝，荷叶上，苇叶上，都挂着珍珠一样的水珠儿。在一片芦苇边上，老壮碰到了十几只鸭子。他知道这一定是刚才的暴风雨把哪个放鸭人的鸭群冲散了。"好鸭！"老壮不由得赞了一声。只见这十几只鸭子浑身雪白，身体肥硕，像一只只小船儿在水面上漂荡，十分招人喜爱。老壮突然想起在湖西王庄公社农技站工作的儿子说过，他们刚从京郊引进了一批良种鸭，大概就是这些吧？老壮一边想着，一边把这十几只肥鸭赶进自己的鸭群。

　　第二天，老壮一进湖就碰上了王庄的放鸭姑娘。

　　"大伯，你看没看到十几只鸭子？昨儿个的暴风雨把我的鸭群冲散了，回家一点数，少了十四只。是刚从农技站买的良种鸭，把我急得一夜没睡好觉呢！"

"姑娘，你可是问巧了！"老壮看到姑娘那着急的样子，早已忘记了前些日子的不快，用手一指鸭群，说，"那不是吗？一只也不少，都在我这儿呢。"

"太谢谢您啦，大伯。我把鸭赶过来吧？"

"我来。"李老壮挥动竹篙，把那十四只白鸭从自家鸭群里轰出来。放鸭姑娘"嘎嘎"地唤着，白鸭归了群。

"大伯，咱们在一个湖里放了大半年鸭子，俺还不知道您姓甚名谁呢！"姑娘把小船撑到老壮的小船边，用唱歌般的发音发问。

"姓李，名老壮！"

"呀！您就是苇林，李苇林，不，李技术员的……"

"不差，我就是李苇林他爹，"李老壮胡子翘起来，好像和姑娘斗气似的说，"我就是那个因为偷鸭子游过乡的李老壮！"

姑娘又一次惊叫起来。她双眼瞪得杏子圆，脸红成了一朵粉荷花。

"大伯，谢谢您……"她匆匆忙忙地对着老壮鞠了一躬，撑着船，赶着鸭，没命地逃了。

"姑娘，你认识我家苇林？见到他捎个话儿，让他带几只良种鸭回来！"李老壮高声喊着。

一片芦苇挡住了姑娘和她的鸭群。

李老壮长舒了一口气，感到十分轻松愉快。他自言自语地说：

"这姑娘，真好相貌，人品也好，怪不得人说青草湖边出美人呢！"

（一九八二年）

白鸥前导在春船

一

胶河岸边有一个小村子，村东头有对着大门口的两户人家。东边这家儿姓田，户主田成宽，有一个独生女儿，名字叫梨花；西边那家儿姓梁，户主梁成全，有一个独生儿子，名字叫大宝。

两家的内掌柜生孩子那阵子，还不时兴计划生育，愿生几个就生几个，能生几个就生几个，生多了还得奖哩。说起来也怪，两个内掌柜各自生了一胎后，再也没个影。田家的还想生儿子，梁家的还想要女儿。两个女人有时聚在一起干活儿，免不了互相鼓励一番。"大嫂子，憋憋劲儿，再生个儿子啊。""那么你呐？不冒冒火生个女儿？""不中了，肚子里就一个孩子，生干净了……"梁家的拍着肚子说开了粗话，田家的弯着腰笑。

她两谁也没再生，大概其肚子里的孩子真生干净了。

二

一转眼儿的工夫，田家的妞儿长成了亭亭玉立的大姑娘，梁家的小子变成了五大三粗的小伙子。

大宝、梨花上学时，正碰上那乱年头了。大宝在学校里上房揭瓦，打狗吓鸡。梁成全一看儿子学不到好，就赶紧"勒令"他退了学。老田一看到老梁家把儿子拉回来，心里话："人家儿子都不上学了，女孩子家还上个什么劲，学问再大也是人家的人，犯不着替人家做嫁衣裳。"不久，他也让梨花退了学。

田家姑娘和梁家小子文化程度相同，都算二把刀的初中生，小小知识分子。

庄户人家过日子喜欢摽劲，谁也怕被谁落下，田家梁家也不例外。但那年头队里干活大呼隆，猪头、蹄子一锅煮，本事天大也施展不开。梁家空有个气死牛的壮小伙子，日子过得反倒不如田家。田家姑娘心

灵手巧，一点也不少挣工分。再者女孩家勤快，干活
歇息（那时歇息时间比干活时间还长）时，也能剜篓
子野菜回家喂猪。而大宝呢，歇息时不是晒着鼻孔眼
睡觉，就是翻戴着帽子打扑克。因此，田家每年都要
比梁家多卖出两头肥猪，这样慢慢地就把梁家比下去
了。对此，老梁好大不满，好像田家的日子是沾了他
儿子的光才过上去似的。两个老汉见了面，老梁经常
刮带蒺藜的西北风："大哥，您家沾老鼻子大锅饭的光
喽！要是像六二年那样包产到户，凭着您这班人马，
早就把牙吊起来了。"田成宽最忌讳别人说他没儿子，
庄户地里没儿子见人矮三分。有一次人家奚落他是老
"绝户头子"，他没处撒气，回家把老婆一顿好揍。梁
成全这些话虽然没有直接揭他的疮疤，但却在影射他
没有儿子。他气不从一处来，不是看在几十年老邻居
面上，连脸都要翻了。他揶揄老梁道："有本事领着大
宝跑到'拉稀拉夫'（南斯拉夫）去，那地方是包产
到户。"

这都是前些年的事了。当初，俩老汉谁也想不到只
有"拉稀拉夫"才有的包产到户又在中国复活了。

三

　　开完了社员大会，梁成全唱着小戏回了家。到家就让老婆子炒了两个鸡蛋，一盅接一盅地喝薯干酒，一会儿就醉三麻四了。他自言自语地叨叨起来："嘻，真是天转地转，时来运转咧，土地包到户，就凭着这个膀大腰圆的儿子，再加上老头子拉拉帮套，不在村里冒个尖才是怪事……老田大哥，这会该你唱丑，该俺唱旦了……"他模模糊糊地说着，鼾声就响了起来。

　　田成宽开完了会，身上一阵阵发冷，心里头憋闷着，随着散会的人群走到街上。满天星光点点，一只孤雁哀鸣着飞过去。他的前面是梁成全晃晃荡荡的身影，老梁不成调子的小戏一个劲儿往他耳朵里钻。到家后，他一头栽到炕上，翻来覆去地"烙饼"，一连声地叹气。老伴儿凑上来，摸摸他的头，不凉不热，便纳闷地问："你是咋的啦？"老田也不搭理。老伴儿提高声音说："哪儿难受？给你掐掐揉揉？"他不耐烦地搡了老伴儿一把："到一边去！""又疯了，又疯了，谁又惹了你了？""你惹我了！"老田忽地折起身子，对着老伴儿吼，"包产到户了！没儿子，该受累啦！"一刹那间，老伴儿明白了。没替男人多生几个孩子，尤其是没替男人生出个儿子，是她一辈子最大的心病，她觉得对不起男人。她曾对老田说过，生儿子要是桩营生，她十天半月不睡觉，也把它干完了，可这不是桩营生啊。这几年，女儿渐渐大了，老田看到女儿照样挣工分，把怨老婆的心渐渐淡了。今晚上一听到要包产到户，尤其是看到老梁那得意洋洋的样子，老田的心病又犯了，回家就跟老伴儿怄起气来。哪承想老伴儿这几年有女儿撑着腰，不喝他这一壶了，直着嗓子跟他吵起来："怨我？我还怨你哩！你比人家少一个'叉把儿'！""谁少一个'叉把儿'？！""你少一个'叉把儿'！"……老伴儿听过几次计划生育课，看到宣传员在黑板上画了一个"XX"，说这是女人的，都一样，又画了一个"XY"，说这是男人的，碰上了就生男孩，碰不上就不生。她记不住那些名词儿，但记住了不生儿子与女人没关系。所以，她一口咬定老田少了个"叉把儿"。老田哪听说过这个？姥姥的，弄了半天倒是俺少个"叉把儿"！他两眼瞪得一般大，比比划划地要跟老伴儿抢皮拳。这时候，院子里传来梨花哼小曲儿的声音，五六十岁的人了，怕让孩子看了笑话，更怕引起娘儿俩的联合反抗。老田无奈，只好自己下台阶："提防着点，你，再敢说俺少‘叉把儿’就打烂你的皮……”嘟嘟哝哝地脱衣睡了觉。

四

地说分就分。田家的地偏偏跟梁家的地分到一起，这真应了“不是冤家不聚头”的俗言。老田好不高兴，但也无可奈何，抓的阄，运气。

一挨过正月，梁成全就撵着儿子起猪圈，换炕坯，土杂肥堆成了一座小山。老田不敢怠慢，也带着女儿起猪圈。二月里还没化透冻，猪圈里结着冰，要用镐头砸开。梨花在正月里耍野了心，干着活把嘴噘得能拴两头毛驴。崭新的衣裳也不换，躲躲闪闪地怕弄脏了。老田脱了棉袄，抡着镐，嘴里喷着粗气，心里窝着火，便对着女儿鼻子不是鼻子眼不是眼地开了腔：“姑奶奶，家去换下行头吧，起猪圈又不是唱戏，没人看你！”梨花耷拉着眼皮，小声嘟哝：“多管闲事，偏不换。”她的话没承想让老田听到了，气得老田铲起一锨稀粪。“呱唧”扔到梨花脚下，溅得她满身臭粪。她把铁锨一撂，哭着跑回家去。

老田余怒未消地骂着：“小杂碎，反了你了，没有我这个老子谁给你抡镐？反了你了，反了……"

　　老田正絮叨着，老梁叼着烟袋抱着肩膀头转悠过来，笑眉喜眼地说："大哥，火气挺冲啊！和嫚儿家赌什么气？走走走，到我屋里去坐坐，我才刚焖上一壶好茶叶。""没那么大的福气！"老梁的神情使老田感到受了极大的侮辱。他顶了老梁一句，把铁锨一摔，气冲冲地进了屋，沾满臭泥的鞋子也不脱，就势往炕上一躺，眼瞅着屋顶打开了算盘："毁了，这一下算毁了，你妈妈的包产到户，你妈妈的老梁……今日这才认上头，往后要使力的活儿多着哩，都要靠我这个老东西顶大梁了。哎，怨只怨——难道老梁真比我多个'叉把儿'？"老梁那副幸灾乐祸的笑脸又在他眼前晃起来，他腾地跳下炕，从橱柜里摸过一瓶子酒，咕咚咕咚灌了半瓶……

　　梨花趴在炕上呜儿哇儿地哭，她娘横竖也劝不住。后来老梁来了，她不哭了，仄楞着耳朵听老梁和爹说话。爹气得摔锨上了炕，梨花心里升起一股火。她三把两把扯下新衣服，跑到猪圈旁边，鞋子一甩，袜子一褪，"扑通"跳进了猪圈。她娘心疼地嚷着："我的孩，你不要命了？""不要了！"姑娘玩了命，但毕竟身单力薄，一圈粪起了整整一天，累得连炕都上不去了。

过了三月三，春风吹绿了柳树梢，桃花绽开了红骨朵。大地开了冻，站在村头一望，田野里蒸腾着的水汽像乳白色的轻纱在飘动。

大宝推着辆独轮车，开始往地里送粪。洋槐条编的粪篓子足有半米长，像两只小船，他还嫌不解馋，装满了不算，又狠狠地加上一个尖。地挺远，在三里外的河滩上，装少了不合算。

梁家小子开始行动，田家姑娘也推出了车子。梨花生性要强，也学着大宝的样子，把粪篓子装出了尖。她驾起车子，走了两步，心就像打鼓一样地跳。咬着牙又走了几步，"呼隆"，连人带车歪倒了。正赶上老梁从那边遛过来，他笑嘻嘻地说："梨花，别给俺家撞倒墙呐。"梨花心里正丧气着，也就不管他是长辈，咬着牙根骂道："给你家撞倒屋，砸断你条老驴腿！"老梁也不生气，笑着回道："你是骨头不硬嘴硬啊。"梨花对着老梁的背影啐了一口，又朝手心上啐了两口唾沫，再次驾起车子。这次更窝囊，没挪窝就趴了。

老田背着粪筐子看地回来，看到女儿的狼狈相，不由叹了一口气，说道："别逞能了！少装，装半车，慢慢倒腾吧，有什么法子，嗨！"

梨花信了爹的话，推着半车粪总算上了路。她东一

头，西一头，歪歪斜斜，跌跌撞撞，活像个醉汉。挣扎
到半道上，正碰上大宝送粪回来。大宝穿着大红球衣，
肩上披着披布，一只手扶着车把，一只手甩打着，显得
又潇洒，又利落。

看到梨花那狼狈样子，大宝"扑哧"一声笑了。梨
花的脸刷地红成了鸡冠花。她猛地放下车子，杏子眼圆
睁着，直盯着大宝，厉声道："笑什么？！喝了母狗尿
了？吃了猫儿屎了？"大宝吓得一伸舌头，狡辩着：
"谁笑你了？""狗笑我了！""狗！""狗。"……俩人
斗了一会儿嘴，大宝理亏，便和解地说："好姐姐，别
生气了，听我把推车的要领对你说说。推车要有个架
势，手攥车把不松不紧，两眼向前看，别瞅车轱辘，顺
着劲儿走，不要使狂劲……"梨花白了他一眼，说：
"咸吃萝卜淡操心！"大宝被噎得张口结舌，上言没搭
下语地卡了壳，梨花又架起车子，一路歪斜地向前
走了。

大宝望着梨花的背影愣住了神，一直等到梨花出了
村，他才推起空车向家走，适才的潇洒劲儿不知哪儿去
了，他好像添了心事。垂头丧气，无精打采。

晚饭时，梁成全坐在炕沿上，开心地对大宝说：
"哼哼，不怕老田犟筋，没了大锅饭，就没咒念了，靠

一个嫚儿，耗子搬家似的倒腾，猴年马月去下种吧！”

大宝一声不吭，只管闷头扒饭。

吃过饭，大宝早早地爬上了自己的炕，怀着鬼胎装睡。天上好月亮，照得窗户纸通亮，一只小蟋蟀在窗台上“吱吱”地叫。一会儿，东间房里传来爹打雷一样的鼾声。大宝蹑手蹑脚地下了炕，开了大门，推出了车子。月亮真好，像个大银盘挂在天上，照得他浑身清爽，满心舒畅。他在梨花家粪堆上装好粪，推着车子往村外走，他的心里打着鼓，生怕让人碰着，幸好庄户人家贪睡，这会儿全村已是悄然无声。大宝脚下像抹了油，心里像化了蜜，越干越有劲……

第二天，天刚麻麻亮，梨花便起了床，准备赶早送粪。出门一看，不由惊呆了：一大堆粪不翼而飞，连地皮也扫得干干净净。她跑到自家地头一看，全明白了。

梨花从地里回来时，老梁正在田家粪底盘上转转儿，看到她来了，一回身就蹓进了大门。老梁一进屋就冲着酣睡的儿子嚷起来：“起来，懒虫，日头晒腚了。”大宝黏黏糊糊地说：“急什么，让人家再睡会儿。”“还睡！梨花把粪都运完了。”“爹，你别诓人了。她家运完还不知等到猴年马月哩。”大宝翻了一个身，又呼呼地睡着了。

"嘿，成了精了，一夜运走了一大堆粪。"老梁叫不醒儿子，只好走到院子里，背着手转圈，一边转圈一边摇着头说，"真成了精了……"

东院里老田在问女儿："梨花，粪咪？"

"我送到地里去了。"

"你什么时候送的？"

"今儿夜里，没看到我眼珠子都熬红了，还问。"

"真是你送的？"

"不是我送的还能是你送的？烦死人了！"

"老东西，别唠叨了，快让孩子歇歇吧。我的孩，真委屈你了……"

五

几天过后，梨花交给大宝一个纸条儿，大宝如获至宝，到僻静处打开一看，心凉了一半，纸条上写着：梁大宝同志，感谢您的帮助，但我不需要人可怜。此致革命的敬礼。

大宝看到这封最后通牒式的感谢信，挠着头皮想："说她无情吧，还感谢我，说她有情吧，还不需要人可怜，梨花呵梨花，你到底需要什么呢？"

六

　　田家和梁家河滩地里都种上了棉花。棉苗儿长到一拃高时，碰上了旱天。一连几十天没下一滴雨，棉花叶儿都打着卷，中午太阳一晒，蔫蔫耷拉的，看着要死的样子。要是往常年，死也就随它死了，今年可不同了，拿不着产量要挨罚。没等上级号召抗旱，田家的姑娘和梁家的小子就挑着水筲下了坡。

　　庄稼人习惯早起，干活趁凉快，两个青年人来到这里，太阳还没出来。东边天际上有几条长长的云，像几条紫红色的绸纱巾。一会儿，紫红变成橘红，橘红又变成了金黄。太阳仿佛一下子从地平线下弹了出来。东方的半个天，一刹那间被装点得绚丽多彩。另一大半天空则像刚从茫茫夜色中苏醒过来，海洋般地展现着一片暗蓝。河里涌起白色的雾霭，像一条白色的长龙缓缓向前滚动，缓缓地向空中膨胀。雾霭慢慢消散，渐渐地看清了河的轮廓。最后，太阳一下子射出万道金光，河上的雾霭一瞬间消失得无影无踪，只剩下潺潺的流水在闪着光。

　　梨花和大宝穿梭般地从河里往棉田里挑水。挑水爬河堤，是庄稼地里的重活，不一会儿，梨花就气喘吁吁了。汗水顺着鬓角往下流，步子慢了下来，爬坡时脚下也开始磕磕绊绊，拖泥带水不利索了。大宝高挑个儿，细腰宽肩，挑两桶水仿佛走空道儿，小扁担在他肩上颤颤悠悠地跳动，显得轻松而有节奏。

自从写了那封信后，田家的姑娘再没有向梁家的小伙表示过什么，梁家的小伙摸不准气候，也不敢轻举妄动。半上午过去了，大宝跟梨花还没说一句话。窝来鸟在半空中婉转地叫着。小燕子贴着河水箭一般地掠过。满坡里看不到几个人影。几朵白云在天上懒洋洋地飘动。好寂寞啊！大宝急得抓耳挠腮，几次与梨花擦肩而过，想找个借口谈谈，梨花总是一扭头，白眼也不看他。突然，大宝灵机一动，想起了才看过的电影《刘三姐》。几分钟后，他拉开粗嗓门唱起来：

　哎——

　梨木扁担三尺三，

　大宝俺挑水淹棉田。

　怕老天不是男子汉，

　河里有水地不干。

　　梨花听出大宝是在激她，想搭腔又怕被他缠磨住，便撇撇嘴故意不理他。

　　大宝不死心，又放开嗓门唱了一遍。

　　梨花不由得生了气，心里话："好你个大宝还真狂，看我杀杀你的威风。"像突然摇响了一串银铃，梨花唱起来：

> 哎——
> 桑木扁担四尺四，
> 梨花俺担水浇旱地。
> 老天怕女不怕男，
> 晒不干河水俺挑干。

　　大宝自负地把扁担朝地上一戳，一手叉腰唱道：

> 哎——
> 梨木扁担五尺五，
> 休要吹牛不认输。
> 从来骡马上不了阵，
> 从来男人胜女人。

　　"太欺负人了，看我怎么骂你！"梨花气冲冲地想
着，随口唱道：

　　　　你家的扁担咋样长？
　　　　你生了一副狗熊相。
　　　　你瞧不起妇女瞎只眼，
　　　　你欺负姑娘别姓梁。

　　梨花也不顾挑水了，叉着腰站在地头，挑战似的瞪
着大宝。大宝灰溜溜地垂着头，结结巴巴地说："好姐
姐，别生气，俺瞎唱，给您解闷儿……"
　　"熊相！"梨花骂他一句，愤愤地走下河堤去挑水
了。爬坡儿时，她脚下一滑，连人带桶滚到了河里。大
宝飞也似的跑过来，连鞋子都没脱就跳到齐腰深的河水
里，把梨花连拖带拉地弄上岸来。初夏天，姑娘穿得单
薄，纸薄的衣裳让水一湿，紧紧地贴到了身上，妙龄女
子健美的轮廓一下子凸了出来。大宝的头"轰"地响了
一声，心里一阵狂跳，他紧攥着梨花的手不放，连呼吸
都屏住了。
　　僵持了几十秒钟，梨花突然醒悟过来。她从大宝手
里挣脱出来，抬起胳膊护住胸脯，转过身去，避开了大

宝灼热的目光。梨花感到受了侮辱，哭着骂道："坏蛋！大宝你这个瞧不起妇女的大坏蛋！"骂完了，沿着没人走的河边，头也不回地回家去了。几亩棉田与姑娘的自尊心比较起来，简直是渺小得可怜。剩下大宝一个人木鸡一样呆立着。

大宝拧着自己的大腿骂道："大宝，你这个混蛋，偷看一眼就行了，谁让你不转眼珠地盯着人家。"骂完了自己，心里索然无味，好没意思，又开始挑水。他赎罪似的把水浇到田家的地里，浇了一担又一担。

七

"对歌"风波过后，田家姑娘与梁家小子的关系空前恶化。大宝见了梨花就像小耗子见了猫似的，绕着道儿走。他心里惭愧，又不好意思去赔不是。最后终于想出了个主意，他写了一封沉痛的《悔过书》，用小石头坠着，扔到了田家院子里，反正田家老两口子大字不识一个。

八

日子过得飞快，一转眼到了秋收。摘棉花、割庄稼、打场脱谷……十月底，一切见了分晓，田、梁两家闹了个平扯平。老田半是欣慰半是忧虑地对老伴说："她娘，这样干下去就把孩子累毁了，明年宁肯少打点粮，少拾点棉，也不能让孩子这样拼命了。""可不是嘛。"老伴也忧虑地回答着。

　　西院的老梁却在家里跳着脚骂儿子："孬种！真孬种，一个大小伙子，竟和个嫚儿打了个平手，敢情你到了地里就困觉？过了年我摽上你，像赶牛一样，不老实卖劲就给你一顿鞭子。"老梁发着狠说，"就不信斗不过老田家……"

　　梨花一年来瘦了不少，白嫩嫩的脸蛋褪了好几层皮。她心里发愁，就跑到支书家找同伙的桂枝姐想主意。桂枝家爹当干部，妹妹上学，地里的活也全仗她一个人扑腾。桂枝道："俺爹说县里新进了一批手扶拖拉机，只要八百多块钱。这机子管用着呢，能耕地、拉粪、抽水……有这么一台，咱就解放了。""哎呀，我的好姐姐，你咋不早说！""早说有啥用，反正你也没钱。"两个姑娘沉默了，是呵，哪儿去弄八百块钱呢？一会儿，桂枝笑着说："妹妹，我有办法了。""真？快告诉我。""说了你不兴打我。""我打你干啥？真是的。""那我说了——妹妹，你找个女婿，跟他要八百块钱……"没等桂枝说完，梨花一下子扑到她身上，双手伸到胳肢窝里乱挠起来，一边挠一边骂："死东西，知道你狗嘴里吐不出象牙来……"桂枝痒得打着滚乱叫："哎……哎哟……好妹妹，亲妹妹，饶了我吧……""还敢不敢胡说了？""不敢了。"两人又静下来想主意。一会儿，桂枝又说："妹妹，我又有主意了。""我不听！""人家正经有办法了，你又不听。""那快说吧。""你不是不听吗。""好姐姐……""妹妹，今年冬天咱不要了，咱买苇子编席。供销社里敞开收，俺大姑家表嫂一个人带着孩子一冬天还挣三百多块呢。就凭着咱姊妹的快手，一冬一春还不挣个五百六百的？""好主意，不过这也不够呵。""跟你爹要，你家今年卖棉花卖了六百多块嘛。""就怕俺爹不给。""你不会向他借？秋后还。"一切都妥当了，两人亲昵地靠在一起，说起悄悄话来。

九

第二年一开春，梨花和桂枝到公社拖拉机站学了一个月驾驶技术，不久，就从县里开回两台手扶拖拉机，吸引了满村的人都到两家去看热闹。最入迷的要数梁大宝，他围着梨花的机子转，这里摸摸，那里捅捅，总也看不够，惹得梨花吵他："摸什么，摸什么！摸坏了赔得起吗？"大宝"嘿嘿"地憨笑着，一点也不上火。

儿子挨田家姑娘训的情景老梁全看到眼里，恨得他牙根痒痒，心里不住地骂："没出息的东西，没脸没腔的东西。"他决心要给儿子上一课，增强一下他男子汉的志气。儿子回来了，老梁在院子里就迎着他高声大嗓地说："大宝，好好听着，别眼热那些歪门邪道。那么个蚂蚱车，我两个指头捏着也能扔两丈远。靠这个也能干活？兔子能驾辕，骡马还值钱？屁能吹着火，硫磺还值钱？还是身板力气是宝贝，风刮不走，雨淋不去，白日使了，夜里又生出来。什么拖拉机？蚂蚱车？不出一年，就得到供销社里去卖破铁，三分钱一斤！"

老梁的损话老田家的人听得清清楚楚，梨花撇着嘴冷笑，老田却开始心里打鼓，女儿硬从他手里"借"走五百元，假若真像老梁说的那样，这五百元就算打了水漂了。他刚要开口发几句牢骚，就看到女儿和老伴一起拿白眼翻他。他连忙闭住嘴，心里话："由着您娘儿们折腾去吧，我落个清闲。"

开春起猪圈，梨花还是累得不轻，但等到送粪时就过上神仙日子了。梨花坐在拖拉机上，唱着小曲，一会儿就是一趟。老田兴头上来，让女儿拉着去兜了一圈风，回来后美滋滋地对老伴说："她娘，今晌午给孩子煮上几个鸡蛋。"

相比之下，梁家的男子汉大宝可是威风扫地了，他的脑袋耷拉着，像被霜打蔫了的冬瓜，去年的精神头不知跑到哪儿去了。他推着车子，一趟刚到地头，梨花第二趟又来了，他的第二趟走到半道上，梨花的第四趟又赶上来了。梨花开着车，故意在大宝屁股后头使劲揿喇叭，大宝慌忙让道，梨花使劲一加油门，拖拉机欢跳着蹿过去，黑烟呛得大宝直咳嗽。大宝走了神，一脚踩到车辙沟里，"哎哟"了一声就坐在地上，脚脖子立时肿起老高，回家就趴了下来。

这下急坏了老梁。今年是包产到户第二年，庄户人家的土杂肥都堆成了小山，老梁家人齐马壮，积肥不少，儿子崴了脚，三天五天好不了，运不出粪，就下不了种，下不了种，就拿不着苗，拿不着苗，就……老梁越想越着急，像热锅上的蚂蚁团团转。

夜里，梨花躺在被窝里想心事。白天她出了一口气，可又添了一肚愧。她想起了大宝去年夜里不睡觉帮自己送粪，想起了自己恶言恶语奚落他，想起了大宝的《悔过书》，又想起了白日里自己欺负大宝，害得他崴了

脚……梨花心里酸溜溜起来，眼泪差点流出来。她打定
主意明天上午先给大宝家送粪，爹要是不同意就跟他耍
小孩子脾气：哭、不吃饭、在炕上打滚……

　　第二天上午，老田走进老梁家的院子，漫不经心地
说："老兄弟，闺女让我对你说一声，今儿个先给你家
送粪。"老梁半天才回过神来，连声说着："那敢情好，
那敢情好。"老田不冷不热地问："可是蚂蚱车？""给
一匹大马也不换呐！"老梁轻松地回答。"三分钱一
斤？""三毛也不卖！""嘻嘻……""嘿嘿……"笑完
了，两人都感到很满足，很愉快。老田当然更乐，好像
打了一个大胜仗。

十

　　又是一年到了头。田家的拖拉机不但没有三分钱一
斤卖了破铁，反倒花了几百元买来了铁犁、铁耙、铁播
种机，基本实现了机械化。田家有机子，抗旱时从河里
抽水浇地，把地灌了一个饱。等到梨花做通了爹的工作
帮梁家浇地时，梁家的庄稼秧儿棉花苗儿都干得半死不
活了。因此，田家比梁家多打了粮食，多拾了棉花，这
一下把老梁气了个大歪脖。晚上儿子出去了，老梁就跟

聋老伴儿说气话："田老大的女儿是个精灵，干什么也不比男人差，这点我算服了；可还有一桩老田笃定输给我了。女儿再好，生了孩子也不能姓田呐！"老伴儿耳背，听不清楚，老梁又大声重复了一遍。老伴儿一听清老梁的话，马上神秘地说："老东西，可别瞎嚷嚷，知道不？田家的那枝花跟咱家这个宝对上象了。"老梁大吃一惊，问："当真？！""咋呼什么？你眼瞎了？看不到这些日子两个人天天咬着尾巴出去，不是看电影就是看电视。"老梁兴奋得胡子都扎煞开了，心里想："老田，老田，你的女儿要给老梁家传宗接代了，这下你可蚀大本喽！"他心里有说不出的痛快。

俗言道："隔墙有耳。"老梁的狂话不知怎么很快被老田家知道了，两家的关系顿时紧张起来，最明显的变化是田家那枝花再也不来叫梁家这个宝去看电影、电视了。梁家的大宝像丢了魂似的，整天价唉声叹气。

梁成全起初莫名其妙，后来，慢慢地品咂出点滋味来了。噢，小兔崽子，八成是恋爱出了"故障"（这新鲜名词是田家买了拖拉机后才翻译到梁家来的）了，要不怎么再也听不到田家姑娘用甜蜜蜜的嗓子招呼儿子去看电影了呢？老梁恍恍惚惚地觉得这"故障"与自己有点关系，但一时又搞不太清楚。

几天之后，村里传开了一个惊人的消息：田家姑娘要招婿了！正规的条件之外，还有两个附加条件：一是要男嫁女家，二是生了孩子姓田。

这一年梨花没累着，胖乎乎的脸蛋也没晒黑。家里进钱不少，老田格外开恩，给了女儿一部分自由支配。女孩儿不贪吃，一个劲地做衣裳。梨花截红裁绿，青岛上海，从头到脚置办了好几套。"人凭衣裳马凭鞍"，梨花穿上紫红色半高跟小皮鞋，咖啡色小筒裤，镶着金丝银线的针织上衣，脖子上围条苹果绿绸纱巾儿，头发用电梳子拉了几个大卷，嘿！真是粉荷花一般的水灵哟。逢集日，她到集上晃了一趟，卖货的忘了看摊，赶集的忘了看道。田家招婿的消息一传开，尽管条件苛刻，但求婚的人还是一溜两行。

老梁这下子火烧猴屁股，真正坐不住了。他知道自己犯了一个大错误，急急忙忙把儿子叫到面前，很抱歉地说："宝儿，爹对不起你，你就到你田大伯家去吧……真是的，姓田就姓田，本来嘛，孩子爹娘各一半，为什么非得姓梁？"听他说话的口气，竟像田家姑娘毫无疑问地做了他的儿媳妇似的。大宝垂头丧气地不吱声。老梁竟然上了火，膝盖一拍站起来，对着儿子吼叫："不长进的小兔崽子！姓能当饭吃？姓能当衣穿？

姓能当媳妇？"

　　大宝哭笑不得地说："爹，您发的哪家子火呢？我一百个想去，知道人家要不要呢？"

　　梁成全一听儿子说得凄楚，也沮丧地垂下头，想了半天，说道："孩子，你自己想法吧，反正那两个条件我都同意。抓紧了点，赶早不赶晚。"

　　田家招婿的事闹哄了几天就风平浪静了，大宝晚上又不大见着影儿了，老梁渐渐宽了心。一天晚上，村里来了电影，老伴儿耳聋眼却明，要去看热闹。老梁兴头上来，也跟在后边遛遛逛逛地去了。到了那儿一看，净演些女人光着脊梁跳舞，他气哄哄地吐着唾沫回了家。大门开着，院里有两个人说话，他忙屏住气听。

　　"俺爹俺娘都去看电影了，多么大年纪了，还有这份精神头儿。"大宝说。

　　"老来少嘛。"这是梨花。她"哧哧"地笑了一阵，又问："哎，你爹真同意你到俺家？"

　　"同意。"

　　"同意孩子姓田？"

　　"俺爹说，只要你愿意，让我也跟你姓田。"

　　"哎哟哟，这么没出息……"

梁成全定眼一望，看到两个黑影靠在一块了。他脸上发起烧来，慌慌张张退回来，一边走着一边在心里骂："小兔崽子，我什么时候让你也姓田了？"

（一九八四年）

因 为 孩 子

　　"金桂嫂，您家秋生把俺家大胖的爬犁摔坏了，还把俺家大胖的鼻子打破，淌了那么多血，您也不管教管教他。"莲叶站在半人高的土墙边，恼怒地向邻家院里说。

　　金桂正在院子里喂鸡，听到莲叶的话，把手中的高粱往地上一撒，两条眉毛刀一样竖起来，说："莲叶，看在姊妹的分上，看在邻墙隔家的面儿上，我没好意思去找你，你倒找上我来了。真是马善有人骑，人善有人欺！"

　　"孩子打了人，还不让找啊？你讲理不讲？"

　　"谁家孩子打了人？明明是你家大胖把俺家秋生的脸抓得净是血道子，衣裳也撕破了，你倒反咬一口，真是好意思！"

"谁不知道你家秋生是有名的小恶霸，专门欺负人。"

"谁不说你家大胖是个小土匪，打人骂人！"

……

两个女人靠在墙边，脸对着脸，喷吐着唾沫星子吵起来，仿佛是两只斗架的鸡。

战争的引起者秋生和大胖从各自的家里跑出来，向着对方的院子里投掷石头瓦片。秋生扔出一块石头，正打在莲叶额头上，顿时出了血。莲叶惨叫一声，捂着脸坐在了地上，呼天抢地地哭起来。大胖一看娘受了重伤，抄起弹弓发射飞弹，差点击中金桂的头。

莲叶的男人二毛听到老婆的哭声，从屋子里出来了。女人吵架，男人们是不应该介入的，这是青草湖边的规矩。但是事态发展到流血的地步，也就顾不上规矩了。二毛蹿到墙根，把莲叶拉起来一看，天哪！白净净瓜子脸上血糊糊一片，二毛心中仿佛被戳了一刀。要知道，他和莲叶可是自由恋爱结的婚，小两口好得蜜里调香油哩。于是，不由得火冒三丈，挽袖子攥拳头要上前参战。

"你赖不着俺，自己抓破脸，想赖着俺呀……"金桂还站在原来的阵地上，丝毫不甘示弱。

"好啊，打了人还不认账！"二毛的脚下像安了弹簧，一个箭步冲上去，隔着墙，扇了金桂一个大嘴巴。

金桂一个后滚翻仰倒在地上，一把扯散了头发，没命地嚎起来：

"哎哟，二毛你个强盗，你打死我了……"

自家的孩子自家管，自家的老婆自家打，这也是青草湖边的老规矩。二毛的巴掌扇到金桂的嫩脸上发出的那声脆响引出来金桂的丈夫黑头。黑头五大三粗，为人极重义气，平日里与二毛也不错，光屁股时就在一起捞鱼摸虾，还从来没有翻过脸。今日他也忍不住了。

"二毛，你小子要找死是不是？我的老婆自己都没舍得打一下，用得着你来打？好吧，今天咱们就拼个你死我活吧！"

黑头抄起一柄鱼叉跳过墙来拼命，二毛也顺手摸过一张铁锹准备迎战。

局部战争就要扩大成全面战争了。这时，二毛家院子里拥进了一伙婶子大娘，连劝带拉地把战争平息了。

"哎哟哟，邻墙隔家的，低头不见抬头见，何苦呢？"

"小孩子打架没有真事，随打了随好，大人掺和进去就不值了。"

"就是嘛，以后谁还不见谁了？"黑头说。

"咱们两家向来相处得挺好，这是何苦呢？"二毛后悔自己刚才不该冒火。

这天夜里，两家夫妻都没有睡好。女人都对着男人使性子。原因自然是莲叶中了流弹，金桂挨了巴掌。

第二天早饭时，莲叶对着大胖说："今儿个不准你下湖跑爬犁，在家做寒假作业。要是你再敢跟那个小恶霸一块儿玩，我就砸断你的腿！"

西边那家也在进行家庭教育，金桂对秋生说："记住了没有？要是我再看到你和那个小土匪在一起跑爬犁，我就把你填到冰窟窿里去喂老鳖！"

一上午，秋生和大胖都没有出门，像关在笼子里的小鸟一样焦躁不安。

青草湖边的人家现在也都是独生子女，一个个都像心头肉一样金贵。下午，大胖要下湖跑爬犁，不让去就哭，莲叶说："好吧，别和小恶霸一起玩，记住了？"

"记住了！"大胖一边高叫着，一边扛着爬犁往外跑。

西院里秋生听到了大胖的声音，也要去跑爬犁。金桂不许，秋生就躺在地上打滚儿。金桂无法，只好嘱咐一番，放他去了。

冬天的青草湖，像一块镶在大地上的毛玻璃。青草湖边的孩子，都是冰上运动的健将。大一点的孩子，跑那种"站爬犁"，脚踩两片底下嵌着钢丝的窄板，手撑两根顶端带尖的木棍，双臂一撑，人似流星。像秋生和大胖这样的小不点儿，就跑"坐爬犁"。"坐爬犁"就是在一块长方形的木板上，钉上两块方木，方木上嵌上两片钢板。他们手中也撑着带铁尖的木棍，比"站爬犁"的撑棍短一些。

秋生和大胖下了湖。湖上没有人。两个孩子各自玩了一会儿，孤单单地，没劲极了。往常里他们是形影不离的。两人一块儿比赛，比速度，比花样。现在不行了，昨天刚发生血战呢。

冬日天短，太阳眼见着就挂到柳树梢上了。一群大雁嘎儿嘎儿地叫唤着，在空中盘旋几圈后，降落到湖面上。两个孩子看呆了。一会儿，他们不约而同地划着爬犁向大雁冲去。临近雁群时，又各自把手中的撑棍像标枪一样投出去。雁群惊飞。

"嗨，差一点就投着了。"大胖说。

"我也差一点！"秋生说。

"秋生，你家有土枪吗？"

"有，俺爹挂在墙上，不让我动。"

"俺家也有。"

"秋生，明儿晚上咱们扛枪来打雁好不好？"

"你会放枪？"

"当然会。"

"俺爹说，小孩放枪，会把耳朵震聋的。"

"你爹骗你呢。"

"秋生，咱们比赛，看谁先划到湖边。"

"好。"

两个小伙伴连连挥动小胳膊，爬犁飞也似的向前冲去。拐弯时两人碰在一起，爬犁翻了。两人都摔了屁股蹲儿。他们搂抱在一起笑起来。

"这次不算，再比一次。"秋生说。

"比就比！"大胖说。

两人又往前划去。湖上，有砸冰捕鱼时留下的一些冰窟窿，窟窿上结冰很薄。秋生没注意，呼隆掉了下去。

大胖吓呆了，没命地哭嚎起来。

天就要黑了。莲叶做好饭，到湖边来找孩子，隔老远就听到了大胖的哭声。她边骂着边往湖边跑去：

"没记性的东西，不让你跟那个小恶霸一块儿玩，偏不信，又被打哭了……"

大胖一见娘来到，哭得更凶了。

"你嚎什么？"

"秋生掉到冰窟窿里了……"

"光哭有什么用？还不回家去叫你爹！"

莲叶早忘记了昨天的仇恨，跑到冰窟窿前一看，不见秋生的影子，便大声呼救起来："来人啊……孩子掉到冰窟窿里啦……"

二毛得到儿子大胖的报告，扛着铁镐冲下湖来。他抡起铁镐，噼里咔啦，几下子就把冰窟窿扩大了许多。水很清，能看到水中的秋生。二毛一个猛子钻下水，把秋生抱了上来。

金桂和黑头听到儿子掉到冰窟窿里的消息，急着往外跑，一出门就碰上二毛抱着秋生走来。放在炕上一看，早没气了。金桂顿时大放悲声。

"嫂子，别哭，我学过急救法，试试看。"二毛说着，很麻利地剥去秋生的衣裳，俯下脸对着秋生的鼻孔吹气，然后用力挤压秋生的胸脯。好久，秋生的胸部翕动起来，脸色也红润了。秋生活了。

大胖欢跳着说："秋生，你可好了。别忘了，赶明儿咱一块儿下湖去打雁。"

金桂一下子把大胖搂在怀里，呜呜地哭起来。莲叶也跟着掉眼泪。

黑头说："行了，行了，真是娘儿们眼泪多，还不快找几件衣裳给二毛换上。"

这时候她们才注意到，二毛满脸青紫，浑身哆嗦成了一个蛋。

（一九八二年）

黑　沙　滩

　　在春节前的一次音乐晚会上，一个著名的民歌演唱家，用惬意的神情和粗犷豪放的嗓门，唱起了一首解放初期在华北地区广泛流传的民歌。我一听到这熟悉的旋律，心脏便猛地一阵颤栗，仿佛有一根灼热的针在我心上扎了一下。是的，这首歌的确没有什么特别出众之处，它不过抒发了翻身农民的一种心满意足的心理，一种小生产者的自我陶醉。如果您是从那个时代走过来的人，它至多不过能使那些已成为历史的和平安宁的田园生活在您心中偶一闪现罢了。如果是年轻人呢？除了我之外，谁还能从这首歌里得到一种富有特别意义的哲理性感受呢？

　　一头黄牛一匹马

　　　　大轱辘车呀轱辘转呀

　　　　转到了我的家

　　　　……

　　当这歌声的最后一个音符在剧场富丽堂皇的穹顶上
碰撞回折、绕梁不散的一瞬间，当那个仪表不凡的中年
男演员优雅地对着观众鞠躬致敬时，在观众雷鸣般的掌
声中，我的脑袋沉重地伏在前排的椅背上。温柔的妻子
一把握住我的手，惊惶地问："怎么了，你？"

　　"没什么……我想起了一个人……"

　　回家的路上，妻子挽着我的胳膊，悄声问："你想
起了谁？"

　　"场长。"

　　"是个什么样的场长，竟使你泪水直转？"

　　"回家告诉你。"我轻轻地捏了一下她温暖的
小手。

　　一九七六年三月的一天，天空布满了灰蒙蒙的乌
云，一辆解放牌卡车沿着渤海湾畔弯弯曲曲的公路飞驰
着。我双手紧紧抓住车帮，这兔子般飞奔的卡车令我这
个出身农家的新兵胆战心惊。然而我又是兴奋的。飞驰

的卡车把一辆辆手推车、马车、毛驴车和突突突喷着黑烟的拖拉机甩在后边。我感到，往昔平淡困顿的生活就像这些落伍的车辆一样被甩在身后了。一种终于跳出农村的庆幸使我从心里感到自豪和幸福。

你能体会到一个常年以发霉的红薯干果腹的青年农民第一次捧起发得暄腾腾的白面馒头、端起热气腾腾的大白菜炖猪肉时的心情吗？

我的妻子摇摇头。

当时在我们那个地方，当兵像考状元一样不容易。我的曾经当过四年兵的表哥遵照父亲的吩咐，把他在部队几年积累的宝贵经验一一传授给我。无非是一要听话，二要吃苦，三要勤快等等。他们都希望我能成为金凤凰，飞出这烂泥塘，永远别再回这穷得穿不上裤子的农村。当时，我可没有这么大的野心，能吃上白面馒头，吃上大白菜炖猪肉就令人十分满足了。好好干，当四年兵没问题，这就够了，四年呢！因此，尽管新兵训练结束后把我分到远离要塞区司令部的黑沙滩农场，尽管新兵们一听说分到黑沙滩农场就抹眼泪，尽管黑沙滩农场前来接我们的场长其貌不扬，我的老乡郝青林还偷偷地骂了一句"狗特务"，我的心里却很坦然。黑沙滩农场有什么可怕？不就是干活吗？！只要有我的馒头吃、有我的衣服穿，我在哪儿都可以干一辈子。

　　就这样，在车上的十个新兵之中，有心思眺望着远处黛青色的丘陵在乌云中闪现、倾听着灰蓝色的海潮冲刷沙滩发出有板有眼的声响的，大概就唯有我一个人了。"能者多劳，智者多忧，无能者无所求"啊。我只读了四年书，实在不会去为什么"理想""前途"之类的空洞字眼费心劳神。比我多读六年书的老乡郝青林小脸阴沉着，心事重重的样子。他能说会道，会写文章，会拉二胡。我们一块参军时，村里人的评价就是：梁家小子是个扛炮弹的材料；郝家后生是天生的当官的坯子。我自己也知道郝青林的前途比我光明若干倍。郝青林也满心以为会把他分配到要塞区大院去干个体面事。那时候要塞区有个战士文工团，听说正缺能拉会唱的人才呢。谁知道怎么搞的，他竟跟我这个土拨鼠一起被分到了黑沙滩。

　　黑沙滩在要塞区战士的心目中，是个可怕的地方。当时战士们打赌都说："要是……就让我到黑沙滩去。"当然，在干部面前，谁也不这样说，黑沙滩毕竟是军队的农场，不是劳改营、流放所。可是在心里呢？不光是战士，就是在那些干部的心里，谁愿意到黑沙滩去呢？哦，这个远离县城一百八十里的黑沙滩哟！从它创建之日起，只有一个场长在那里扎住了根，他把自己十几年的生命化成汗水洒在这块黑色的沙滩上。其他干部则像走马灯似的换了一茬又一茬。据说，当时的黑沙滩农场，就像今天的院校一样，到那儿去的干部就像进院校进修，是提拔重用的前奏，就像斑斑点点的山楂，放到化开的糖稀里一蘸，挂上一层琥珀色的亮甲，就可以卖大价钱了。

　　那个在黑沙滩滚了十几年的场长，就坐在驾驶楼里。他那又黑又瘦的脸，秃得发亮的脑门，被烟草熏得焦黄的牙齿，刺人的小眼睛，都使我们这些新兵瞧不起他。还有他的那半截因年代久远变得又黑又亮的牛皮腰带，总是吊儿郎当地垂在两腿之间。我的场长，难道你就不能把那半截腰带塞进裤鼻里去吗？

　　正当我胡思乱想着的时候，卡车突然发出一阵"嘎嘎吱吱"的怪响——急刹车。巨大的惯性使我们这些没有乘车经验的新兵蛋子像一堆核桃般朝前滚去，挤成了一堆。司机老葛从驾驶楼里探出头来，张开那张被汽车摇把崩掉了一颗门牙的嘴，骂道："妈的！找死吗？！"

　　车头前两米处，站着一个头发蓬松满脸灰土的女人，她背上驮着个约有五六岁的女孩儿。女孩儿的脑袋无力地搁在女人的肩上，两只大眼惊恐地盯着老葛那豁牙嘴。

坐在我的被包上一直闭目养神的老兵刘甲台睁开眼，低声告诉我说："疯子，黑沙滩的疯子。"

"解放军，行行好，捎俺娘俩一截路吧……"

"不行，快让开！"老葛怒冲冲地说。

场长瞪了老葛一眼，跳下了驾驶楼，和颜悦色地说："大嫂，上车吧。"

司机老葛不高兴地说："到后边去，快点。"

"让她坐在驾驶楼里。"场长把女人和女孩儿让进驾驶楼，女人连声道谢。场长推上车门，自己踏着车帮，爬到车厢里。

卡车像一匹发疯的牛犊，颠颠簸簸地向前冲去。场长坐在一个被包上，掏出一盒九分钱的"葵花"烟。我偷眼看着这个老头儿，看着他那捏着烟卷的树根般粗糙的手指。也许是我的错觉，也许是卡车的震动，我看到了那只手在微微地哆嗦。

大概龅牙司机的心火平息了吧，车子又终于平稳地前进了。路边张牙舞爪的刺槐树一排排向后倒去。车轮沙沙地摩擦着地面，发动机欢快地鸣叫着，排气阀有节奏地哧哧排着气。老兵刘甲台闭着眼，脑袋摇晃着，仿佛呓语般地唱起一支调子耳熟、词儿陌生的歌子。他自

称"老兵"，实际上只比我们早入伍一年，一副浪荡样
子。歌声像泥鳅般地从他嘴里滑出来：

> 黑沙滩云满天
> 黑沙滩的大兵好心酸
> 黑沙滩的孩子没裤子穿
> 黑沙滩的姑娘往兵营里钻
> 黑沙滩啊……
> 黑沙滩……

这阴阳怪气的歌子使我们这些新兵都大睁开眼睛，
惊愕地瞅着刘甲台那一开一合的嘴。连我这个只要有了
馒头白菜就不管天塌地陷的目光短浅者，心里也泛起一
阵凉气，汗毛都倒竖起来。难道我们要去的黑沙滩就是
这样一个鬼地方吗？

"刘甲台，你胡唱些什么？！"场长发怒地吼了
一声。

"场长，难道这不是真的吗？"刘甲台睁开眼，爱
理不理地说。

"你敢扰乱军心，我崩了你！"

"场长，安稳地坐着吧，您。纸里包不住火，黑沙

滩是个什么样，这些小兄弟们一到便知。"

"闭住你那张臭嘴，闭住，没人把你当哑巴卖了。"场长嗓子喑哑，眼睛发红。然而，他的头却无力地垂下了，一直垂到了他支起的膝盖上。

刘甲台不唱了，却把适才那曲调用口哨吹了起来。他的口哨吹得相当出色，悠扬、圆滑、清脆、明快。他一遍一遍地重复着那曲调，适才他唱出的那些词，却像冰凉的雨点砸在沙地上一样，有力地撞击着我的心。

刘甲台把我们折磨够了，黑沙滩也快要到了。大海就在面前，从海上连续不断地刮来冰凉潮湿的风，使这早春天气竟然砭人肌肤。我远远地望见了几排暗红色的瓦房，望见了离开瓦房一箭之地，有几十排低矮的草屋。方圆几十里，没有一个村庄的影子，只有那一片狭长的沙滩，沿着大海的边缘无尽地延伸开去。

"为什么要叫黑沙滩呢？我只见过金黄色的沙滩、暗红色的沙滩，夸张点说，还有苍白的沙滩，却没见过黑沙滩。"我的妻子这样问我。

是的，截至目前，我也没有见过一片黑色沙滩。黑沙滩的沙其实是一种成熟的麦粒般的颜色，在每天的不同时刻，它还会给人带来视觉感受上的变化。在清晨丽日下，它呈现出一种温暖的玫瑰红；正午的阳光下，它发出耀眼的银光；傍晚的夕阳又使它蒙上一层紫罗兰般的色泽。总之，它不是黑色的，即使是在漆黑的夜晚，它也闪烁着隐隐约约的银灰色光芒。

我曾带着我妻子般的疑问，问过我们农场的"百科全书"老兵刘甲台，他不屑一顾地说："新兵蛋子，真是个新兵蛋子！沙滩是暗红、金黄、紫红、玫瑰红，就不能叫黑沙滩了吗？黑的难道不能说成白的，白的难道不能说成绿的、红的、杂色的、乌七八糟色的吗？你呀，别管这么多，既然大家都叫它黑沙滩，你也只管叫它黑沙滩拉倒。"刘甲台这一番哲学家般的高明解释使我这个新兵蛋子确如醍醐灌顶一般大彻大悟了。从此，我再也没有产生过为黑沙滩正名的念头。

我们黑沙滩农场理所当然地坐落在黑沙滩上，紧傍着农场的是一个虽然紧靠大海却经营农业的小小村庄，村名也叫黑沙滩。听说黑沙滩现在已经成了相当富庶的地方，可是在我当兵的那些年头里，却是一片荒凉景象。黑沙滩的老百姓说，部队里有的是钱。这话不错。我们每年都用十轮大卡车跑几百公里拉来大量的大粪干子、氨水、化肥，来改造这片贫瘠的沙原。我们不惜用巨大的工本在沙滩上打了一眼又一眼深井。尽管我们种出来的小麦每斤成本费高达五角五分，但我们在沙滩上种出了麦子，政治上的意义是千金也难买到的。我们场长是黑沙滩农场的奠基人，他后来因故被罚劳改。他和我一起看水道浇麦田的时候曾经说过，要是用创办农场的钱在黑沙滩搞一个海水养殖场，那黑沙滩很可能已经成为一个繁华的小城镇了。

那时候，正在黑沙滩农场接受考验的是后来成了要塞区政治部宣传处处长的王隆——最近听说他很有可能成为要塞区最年轻的副政委哩！啊，这属于哪种人呢？当时，他是农场的指导员。我的这位首长是工农兵大学生，白白净净的面皮。那年头，他好像也不敢使用保护皮肤的液体或脂膏，漂亮的脸上也裂着一张张皱皮。

一九七六年春天是中国历史上一个不平常的春天，我至今仍难以忘记王隆指导员那长篇的、一环扣一环的理论辅导课，也永远忘不了他那间小屋里彻夜不熄的灯光。我曾经进过他的办公室兼宿舍，摆在桌子上的、床头上的那些打开的、未打开的、夹着红蓝铅笔的、烫着金字的经典著作，令我这个从泥土里爬出来的孩子目瞪口呆。天生不怕官的老兵刘甲台曾开玩笑地对我们说：一定不要碰到指导员的肚子，他肚子里全是马列主义词句，一碰就会呕出来。这些话，郝青林曾向指导员汇报过，指导员一笑置之，也没给刘甲台难堪。

我遵循着堂哥传授给我的宝贵经验，开始了兵的生涯。一连两个月，我每天早起打扫厕所，话不多说，干活最多。但是当黑沙滩农场团支部从新兵中发展第一批团员时，我竟然"榜上无名"，我的同乡郝青林却"名列前茅"。这对我不能不是一个沉重的打击。晚上躺在床上睡不着，我把郝青林与自己进行了仔细的对比。论出身，我家三代贫农，根红苗正，而郝青林的爷爷当过国民党乡政权的管账先生。论模样，郝青林尖嘴猴腮，演特务不用化装，而我端正得像根树桩。我打扫厕所、帮厨、下地劳动每次都流大汗，连场长都拍着我的肩膀夸奖："好，牛犊子！"郝青林呢？懒得要命，干活时总戴着那副用荧光增白剂染得雪白的手套。可是郝青林竟先我而入团？他不就是会从报纸上抄文章吗？他不就是会在黑板上写几行粉笔字吗？就凭这个吗？妈的。

我躺在床上"烙饼"，床板咯咯吱吱地响。躺在下铺的老兵刘甲台不高兴地说："新兵蛋子，怎么啦？想媳妇了吧？"

"不是，老刘，不是……"

"唉，你呀。"刘甲台坐起来，悄悄地对我说，"我知道你想啥。我教给你两种办法：一是跟我学，什么也不想，什么也不怕，什么也不在乎，什么团员方员，请我入我也不入；二是跟郝青林学，大批判积极发言，不管对不对，不管懂不懂，只管瞎说，这样，我保你三个月入团，一年之后入党。"

"我，不会……"

"你太笨，太傻。譬如，前几天指导员让你歌颂农村大好形势，你怎么说的？你竟说：'俺爹说，现如今还不如单干那时好，那时能吃上玉米面饼子萝卜菜，现在天天吃烂地瓜干子。'"

"这是真的呀。"

"谁不知道这是真的，你以为指导员不知道这是真的？他爹也在家里吃烂地瓜干子呢。你要闭着眼把真的说成假的，把假的说成真的，这样，一切都是小意思。"

啊，我的天！老兵刘甲台又给我上了一课，这一课与"黑沙滩"问题一脉相承，可是更深刻，更使我心惊肉跳。我堂哥的宝贵经验过时了，我爹娘从小教给我的做人准则不灵了。刘甲台还警告我："要是你还是这样傻，两年就会让你复员。你跟我不能比，我是城市入伍的，巴不得早点回去找个工作。你呀，学聪明点吧……"

是的，我一定要尽快聪明起来，为了这白面馒头，为了这大白菜炖猪肉，为了争取跟地瓜干子"离婚"……

　　每逢节日，我的眼睛就要发亮，胃囊就出奇地大。这是在黑沙滩养成的坏毛病。黑沙滩农场每逢节日，都要杀猪宰羊，搞上十几个菜。这种饕餮般的进食后来使我受到了双重的惩罚：一是得了胃病，二是受到了我的当护士的妻子的严格控制和冷嘲热讽。她多次说我是个彻头彻尾的乡巴佬，虽然也是所谓的"作家"，可见了好吃的，眼珠都不转了，恨不得把盘子都吞下去。

　　我这一辈子第一次看到满桌鱼肉，并能以堂堂正正的身份端坐桌旁饱吃一顿，这机会是黑沙滩农场赐给我的，不过那次我的胃口并不好。那个日期——一九七六年五月一日，就像我一生中的一个重要纪念日一样令我终身难忘。那些日子里，老兵刘甲台给我开了窍，我再也不早起打扫厕所了，干活也不甩掉棉衣满身冒汗了。我向兼任团支部书记的指导员递交了第二份入团申请书。这份申请书写了九页半纸，其中有九页是从报纸上抄来的。我积极要求参加农场理论小组，学习无产阶级专政理论。虽然我这个半文盲狗屁不通，但还是被理论组接纳为组员。此时，郝青林已经成了理论组的"首席组员"，不时发表一些吓人的高论。刘甲台暗中表扬我：
"小子，有门了，不出三个月，入不了团我买烟请客。"
由于进步有望，心情愉快，再加上从下午两点钟起，食
堂里就飘出一阵阵扑鼻的香气，我的身体就像躺在温热
的细沙里一样舒服。炊事班长让我到大门外的菜地里去
挖大葱，我嘴里哼着小曲，乐颠颠地去了。一出大门，
我看到黑沙滩村一群大大小小的孩子，在营房周围转来
转去；我看到白色的浪花一层层涌上沙滩。我看到沙滩
上那一片马尾松林，松林外边的麦田里，麦子已经打苞
孕穗；一顿丰盛的晚餐竟使一个五尺高的男子汉轻飘飘
起来。

"至于吗？"妻子问我。

"你不相信也得相信，因为我不会骗你。如果我会
魔法，把你放到那个年代里去生活十年，不，一个月，
你会连我都不如。"我对妻子说。她不以为然地把灵巧
的鼻子皱了皱。

下午四点钟，饭菜上桌，众人就座。我早已是饥肠
辘辘、跃跃欲试了——从早饭起我就留着肚子。好不容
易等到指导员的祝酒辞结束，我迫不及待地咂了一口马
尿味似的啤酒，抄起筷子就下了家伙。

"慢着点吃！"场长突然低沉而威严地说。我的手

一哆嗦，夹起来的肉丸子又掉进盘里。

"大家看看窗外，看看……那些眼睛……"场长对着玻璃窗指了指。

那是十六只眼睛。十六只黑沙滩村饥肠辘辘的孩子们的眼睛。这些眼睛有的漆黑发亮，有的黯淡无光，有的白眼球像鸭蛋青，有的黑眼球如海水蓝。他们在眼巴巴地盯着我们的餐桌，盯着桌子上的鱼肉。最使我动情的是那两只又大又黑、连长长的睫毛都映了出来的眼睛。疯女人就有这样两只眼睛，这是疯女人的女儿。在这种像刀子一样戳人心窝的目光下，无论什么样的珍馐美味，你还能吃得下去吗？

"干杯？干个屁！老百姓都填不饱肚子，这些孩子像饿猫一样盯着我们，这满桌的酒肉……"场长的黑脸痛苦地抽搐着，他沙哑着嗓子喊道，"刘甲台、梁全，去把这些孩子请进来，让他们坐首席！"

"场长，这不太妥当吧？"指导员委婉地说。

"闭着眼吃才是最大的不妥当！"场长说。

这时，我大吃一顿的欲望没有了，心窝里像塞进了一把烂海草，乱糟糟地难受。这些孩子的眼睛使我想起了我远在千里之外的弟弟妹妹。我和刘甲台跑到窗外，孩子们一哄而散，只有那个大眼睛的小女孩被吓傻了，站在窗外，呆呆地望着我和刘甲台。我从来没有见过这样的小姑娘。她瘦得像棵豆芽菜，见到她就让人的心像被尖利的爪子挠着似的疼痛。我也从来没有见过这样两只孩子的眼睛，像一泓被乌云遮盖着的忧伤而纯洁的湖水。她定定地望着我们，不说话。我不敢再看她。我生怕自己哭出来。我弯下腰，把她抱起来。她不哭也不闹，脑袋软绵绵地伏在我肩上，然后，脏脏的小手向着房子一指，说："饿……我饿……"我喉咙里像堵上了一团棉花，哽哽咽咽地说："小妹妹……我抱你去吃……"

刘甲台脸色铁青地注视着那沿着大海蜿蜒曲折的沙滩，西斜的阳光照得沙滩呈现出浓重的紫红色。黑沙滩村头上的高音喇叭里又响起了口号式的歌曲。他一脚把一棵白菜疙瘩踢出去十几米远，径直走回宿舍。当天下午，他两眼大睁着躺在床上，连一口水也没喝。

小姑娘像饥饿的小野兽一样咻咻地喘着气，很快吃掉了够现今同年龄独生子女吃两天的食物，之后眼睛还贪婪地盯着菜盘，鲜红的舌尖舔着嘴唇。农场的卫生员对场长说："不能再给她吃了，否则要撑坏的。"

"是的，不能再给她吃了，饿坏了的人如果摄入过量的食物，会引起严重的后果，甚至死亡！你们这些傻

大兵，简直是荒唐透顶！"我的护士学校毕业的妻子又
开始训斥我了。

　　要是现在谁把我们的独生女儿抱去给她塞一肚子大
鱼大肉，我妻子是会跟他拼命的。但小女孩的母亲、那
个疯女人，却给我们下了跪。她从村子里凄厉地喊叫着
向营房跑来。她听到跑回去的孩子说，她的女儿被解放
军抓走了。她呼唤着"秀秀！秀秀！我的秀秀！"冲进
了我们的营院，闯进了我们的宴席。女人怔住了，双眼
睁得圆圆的，她的嘴唇翕动着，看着正抱着她的女儿的
场长，扑通跪倒在地："解放军，行行好，把孩子还俺
吧，孩子不懂事，是个傻瓜，像她爹一样，像她爹一
样，是个傻瓜……"她的神经似乎的确有毛病，那双眼
里闪动着惊恐绝望的光，使人感到脊梁阵阵发凉。

　　场长悄悄地从兜里掏出一卷票子——那是他刚领到
的工资——塞进小女孩儿的口袋，把女孩儿递给女人。

　　"谢谢亲人解放军……谢谢亲人解放军……俺孩子
她爹是个好人……解放军是好人……"女人抱着孩子，
喃喃地说着，走了。

　　这场小插曲，搞得满座不欢。

　　一个知情的战士说："这个女人，也够可怜的，男
人前几年赶小海搞自发，批斗了几次，一绳子上了吊，

死了；女的受了刺激，半疯半傻地抱着个孩子到处告状，可是谁理她呢？"

"我听人说……这个女人是……地主的女儿……"郝青林脸憋得通红，结结讷讷地说。

"郝青林同志说得对，当前阶级斗争十分复杂，阶级敌人会用各种手段向我们进攻，我们要警惕那些冻僵了的蛇和变成美女的蛇，不能丧失警惕，千万不能忘记啊……"指导员语重心长地说。

"放屁！"场长把杯子重重地拍到桌上。杯子破了，啤酒顺着桌沿，滴滴答答往下流。

"场长，请您冷静一点，冷静一点，感情不能代替原则啊。"我的熟读马列的指导员确实具有高度的涵养，场长的粗话丝毫没有改变他循循善诱的语气。

场长像个泄了气的皮球，无力地坐在餐桌旁，他从桌上抓过那唯一的一瓶啤酒，咬开盖子，咕咚咕咚连喝了几大口。

晚上是歌咏晚会，我结结巴巴地念了一首"顺口溜"。郝青林大展雄才，朗诵了一首长达千言的"诗"。指导员讲了几个法家智斗儒家的小故事。龅牙司机老葛带头起哄，让场长出节目。场长想了想，竟眯缝起眼睛，唱起了本文开篇提到的那支民歌。他嗓音嘶哑高亢，像农村的土歌手一样，不去求那音节的准确，而是随心所欲地在歌词的末尾加上一些苍凉的滑音。他仿佛在回忆往昔的岁月，在沉思缅怀。歌声漫不经心地从他嘴里唱出，就像确确实实地坐在那大轱辘车上，沿着平坦干燥的乡间土路，被艳阳照得懒洋洋的农夫唱出的歌声一样。

一头黄牛一匹马

大轱辘车呀轱辘转呀

转到了我的家

……

民歌《大轱辘车》之所以能使我心灵震颤，眼窝酸辣，并不在于它的旋律和歌词，而在于我们的场长曾在那个特殊的年代里演唱了它。每一个人的一生中，往往都有一些与平凡的事物连接在一起的不平凡的经历。这些事物在若干年后出现，也总能勾起他对于往事的回忆和对未来的遐想。所以，当我在剧场里聆听这支歌时，心潮如滚水般翻腾就不是不可思议的了。

郝青林确是个绝顶聪明的人，是个不甘寂寞的好汉。他终究不是一头能长久地拴在黑沙滩的牛。这家伙入团之后紧接着又递上了入党申请书。据消息灵通的刘甲台说，党支部书记——场长曾跟郝青林谈过一次话：

场长翻着郝青林厚厚的申请书，皱着眉头问："你入党的目的是什么？"

"为共产主义事业奋斗终身。"

"还有别的吗？"

"做捍卫无产阶级革命路线的坚强战士。"

"你给我说掏心窝子的话！"

"这就是掏心窝子的话。"

"够了！只要我还当着这黑沙滩的土皇帝，只要你还用这套空话吓唬我，我永远不接受你的申请书！"场长把郝青林的申请书摔到桌子上。

刘甲台告诉我，那一刻郝青林小脸煞白煞白，像一块萝卜皮。

"场长是天生的笨蛋！"刘甲台对我说，"其实何必把申请书退还他呢？收下申请书，不是照样卡他于大门之外吗？等着瞧吧，郝青林是不会善罢甘休的。"

刘甲台的话不幸言中，场长把郝青林得罪了。一个有着二十多年军龄的老兵竟被一个入伍不到半年的新兵整得连翻几个筋斗。那时候，部队正在树立"反潮流"典型，正在宣扬敢与大人物唱反调的"勇士"。这些都给了郝青林灵感和启示，他拿场长开刀了，他把场长当成了一块砖头，敲开了他要进的大门。

郝青林给要塞区党委写了一封信。他在信上说，场长左来福出身富裕中农家庭，他念念不忘的是"一牛一马一车"式的富农生活，他在歌咏晚会上公然演唱《大轱辘车》，他与驻地地主女人关系暧昧……这一切都说明场长左来福是一个隐藏在军内的民主派……

郝青林这封信写好之后，曾找过我一次，他说："梁全，看在老乡的面子上，看在你小时候从河里救过我一命的面子上，给你个进步的机会，喏，签个名吧。"他把信递给我，他嘴里说得好像满不在乎，手却在哆嗦，小脸青一道白一道的不是个正经气色。我接过他递过来的信看了一遍。说实话，我吓懵了。"这……哪有这么玄乎？"我问。"老兄，这是阶级斗争。"郝青林掏出一盒高级烟，递给我一支，我摆摆手。他自己点上一支，从拿烟姿态上一眼就可看出他也不会吸烟。他咳嗽着说："这是要担风险的……老兄，我豁出去了，成则王侯败则贼！""这封信发出去，场长要蹲监狱吗？场长这个人挺好的，那天你被石头把脚砸了，他把你大老远地背回来，累得像个大虾一样，腰都直不起来……""别说了！"郝青林又点

上了一支烟，阴沉着脸坐在我对面，眼神迷惘、凶狠、
惶惑不安，瘦腮上的肌肉像条小海参在蠕动，连带着
那只有点招风的耳轮也在微微颤动。他忽地站起来，
咬着牙说："感情不能代替原则。蹲监狱也是他自作自
受。我不会害你的，梁全。""这……"我犹豫不决。
"就凭着你这样，还想和地瓜干子'离婚'？"郝青林
鄙夷地看着我。"我……签……"我的手紧张得像鸡
爪子一样蜷曲着，哆哆嗦嗦地抓着笔，歪歪扭扭地在
信上写了自己的名字。郝青林走了，我的心扑通扑通
地狂跳，仿佛刚刚去偷了人家的东西。我想，郝青林
是不是要拉个垫背的呢？

　　郝青林的信发出去一个星期，要塞区政治部主任和
保卫处长就坐着吉普车来到黑沙滩农场。左场长不但不
认"罪"，反而发表了一些更加出格的言论。政治部主
任请示要塞区党委后，宣布场长停职检查。郝青林则一
下子成了全区闻名的人物。我呢？保卫处长跟我谈了一
次话，问我是怎样识别出左场长的"民主派"真面目
的，我结结巴巴地说："我……不知道，郝青林让我签
名，我就签了一个……"保卫处长摇摇头，放我走了。
他大概一眼就看穿了我是一个不堪造就的笨蛋。不过，
很快我就入了团，我想，这很可能是沾了签名的光

了吧。

这一年，黑沙滩农场种了三百亩小麦。场长下野之时，正逢小麦灌浆季节。一阵阵干燥的西南风吹得黑沙滩上沙尘弥漫。小麦的叶子都干巴巴地打着卷。场长的事情一直也没有个结局。让他停职检查，他根本不理茬儿。要塞区党委好像也不是铁板一块，指导员请示过几次也没得到个明确的答复。指导员只好分配他去浇麦田，派我和刘甲台跟他一起去。

我们在机房门外搭了个窝棚，白天黑夜都呆在田野里。我和刘甲台轮着班看柴油机，场长一个人看水道。看着潺潺清流淌进麦田，看着浇过水的小麦支楞起鲜亮的叶子，场长满脸的皱纹都舒展开了。他扛着铁锹，沿着沟渠踽踽行走。望着他的伛偻背影，我的心里感到深深的愧疚。因为唱一支歌，骂一句娘，可怜一下令人怜悯的背时女人，就是"民主派"吗？我确确实实糊涂了。

派我来浇地时，指导员曾跟我个别谈过话，他要我监督场长和刘甲台的行动，注意搜集他们的反动言论。多少年后，我才猜想出一点指导员派我和刘甲台监督场长的用意：我是一个傻二愣，刘甲台是一个牢骚大王。我愣，才最可靠；刘甲台嘴怪，才能引导场长暴露。何

况，刘甲台还讽刺过指导员，他是想借机把他打成个
"小民主派"吧？

　　农历五月初的夜晚，被太阳烘烤了一天的黑沙滩温
暖得像一床被窝。我们把连续运转了十几个小时、机体
灼热的柴油机停下来，坐在被白天的太阳晒得热乎乎的
细沙上。满天星斗灼灼，不远处，沉睡的大海在喁喁低
语，场长的烟头在一明一暗地闪烁。

　　"给支烟抽吧，老头子。"刘甲台说。

　　场长默默地把烟递给他。刘甲台抽出一支点上，把
烟盒递到我面前："来一支吧，新兵蛋子！"

　　我摇摇头，拒绝了。

　　"新兵蛋子，你那个老乡就要入党了，已经开始填
写志愿书了。"

　　"我听说了。"

　　"奶奶的，这年头要入个党也真够容易的。哎，老
头子，你不再发表几句反动言论了吗？再唱唱那个《大
轱辘车》，赶明儿我也写封信，糊弄个党员当当。"

　　场长沉重地叹息一声，仰倒在沙地上。

　　"你呀，白活了五十多岁！你干吗瘦驴拉硬屎，充
好汉？睁只眼，闭只眼，混混日子得了，这不，弄了个
身败名裂，加夜班浇地……"

"你给我滚，我用不着你个毛孩子来教训我！"场长折起身，怒吼着。

"老头子，别发火，别发火。我哪里敢教训你？我是开导你哩。来，抽咱支烟，别看咱每月七元钱，抽烟的水平比你这个老志愿军还高。场长，我真不明白，你干吗不找个女人？别看你老得干巴巴的，就凭着每月九十元工资，找个大闺女没问题。"

"嗨，你才是一个不到两年的新兵。要是二十年前，碰上你这样的熊兵，我不踢出你的屎汤子来算你模样长得端正。"场长无可奈何地接过刘甲台的一支烟，点上了火。

"算啦，场长，别提你那二十年前了。我知道你那时是个少尉，肩上挂着牌子，腰里扎着武装带，走起路来皮鞋咔咔响。老皇历，过时了。现在是七十年代，天翻地覆了。我真不明白，你怎么突然唱起那么一支歌，场长，你说说，为什么要唱那么一支歌？"

"我也说不清……"场长又仰在温暖的细沙上，双眼望着天上繁星那条灰白色的天河，梦幻般地说着。

"我突然想起报名抗美援朝时，第二天就要去区里集中了，趁着晚上大月亮天，我和我媳妇赶着牛车往地里送粪，她坐在车辕杆上，含着眼泪唱过这支歌……后来，她死了……难道共产党革命就是为了把老百姓革得忍饥挨饿吗？为什么就不能家家有头黄牛，有匹马，有辆大轱辘车呢？为什么就不能让女人坐在车辕杆上唱唱《大轱辘车》呢？……"

场长狠命地吸了一口烟，一点火星一瞬间照亮了他那张疲惫苍老的脸。夜色苍茫凝重，旷远无边。远处传来海的低鸣。马尾松林里栖息的海鸟呓语般地啁啾着。一颗金色的流星像一滴燃烧的泪珠，熠熠有声地划开沉沉的夜幕。黑沙滩的夜，真静啊……

"场长，你唱吧，唱吧……"刘甲台动情地说。

"你唱吧，场长……"我鼻子不通气，像患了感冒。

"雪白的浪像长长的田埂，一排排涌过来。浪打湿了她的衣服，漫到了她的膝盖。'孩子，闭住眼。'她说。'妈妈，我们到哪儿去？'女孩儿问。'去找你爸爸。''爸爸离这儿远吗？''不远，快到了。你别睁眼。'海水已经漫到她的胸膛，浪花抽打着她的脸。她站立不稳，身子摇摇晃晃。'妈妈，怕……怕……'女孩儿哭起来。'不怕，秀秀，不怕，就要到了……'她的衣服漂起来了，她的头发漂起来了。海水动荡不安，浪潮在呜咽着……"

"你为什么不去救她？你眼见着她走向死亡，你的心是铁打冰铸的？"妻子抓住我的胳膊使劲儿摇撼着，她爱动感情，唏嘘着说。

"这是我的想象，我想，她应该这样走向大海……"我对妻子解释着。

……在我们三个人浇麦子的那些日子里，疯女人像个影子一样在我们周围转来转去。她有时走到我们不远处，定定地望着我们，嘴唇哆嗦着，仿佛有什么话要说。我们一抬头看她，她就匆匆离开，当我们不去注意她时，她又慢慢地靠上来。有一天上午，场长到很远的地方改畦去了。刘甲台躺在窝棚外的沙地上晒着鼻孔睡觉。我坐在机房前，修理着一条断马力带。那女人怯生生地走上前来。小女孩儿在她怀里睁着圆溜溜的眼睛，一见我，就伸出小手，说："叔叔，吃肉……"这孩子，竟然还认识我。我赶忙跑进窝棚，把早晨剩下的两个馒头递给女人。她连连后退着说："不要，俺不要，俺想跟你打听点事。同志……听说，场长犯错误了？"

"嗯哪。"我含含糊糊地回答。

"是反革命？"

"也许是吧。好了，你快走吧，不要在我们这儿转来转去，影响不好。"

"好，好，好，这就好了。"女人把脸贴在女孩儿脸上，半哭半笑地说着，"秀秀，这下咱娘俩有指望了……"

女人走了。望着她的背影，我叹了一口气，自言自语地说："真是个精神病……"

当天晚上，我们在窝棚门口吃饭。黯淡的马灯光照着场长那张黑黑的脸，几只飞虫把马灯玻璃罩子撞得噼噼啪啪的。忽然响起唰啦唰啦的脚步声，一个长长的影子在我们面前定住了。

"谁？"场长瓮声瓮气地问。

那影子急剧地移动着，来到我们面前。啊！是她。她打扮得整整齐齐，胳膊上挎着小包袱，怀里抱着孩子。一到场长面前，她扑通跪在地上，抽泣着说："好人，好大哥，你行行好，收留了俺娘俩吧……你是反革命，我也是反革命，正好配一对……好大哥，俺早就看出你是个好人，你别嫌俺疯，俺一点也不疯……俺给你烧饭、洗衣、生孩子…… 秀秀，来，给你爸爸磕头……"

那个叫秀秀的小女孩儿看看场长，小腿一弯，也跪在了场长面前，用稚嫩的嗓子喊："爸……爸……"

场长像被火烧了似的一下蹦起来，拉起女人和孩子，惊慌失措地说："这怎么行？这怎么行？大嫂，你醒醒神，唉，这是哪儿的话哟……"

这女人的举动不但使场长惊慌失措，连我和刘甲台也傻了眼，谁见过这种事呀！

"好大哥，你就答应了吧……"

"大嫂，这是绝对不行的，你生活有困难，我可以帮助你……"

"你嫌俺疯？你们都说俺是疯子？"女人尖厉地叫起来，"俺不疯，俺心里亮堂堂的。'白疤眼'每天夜里都去拨俺的门，都被俺骂退了……解放军，亲人，你行行好，带俺娘俩走吧。离开这黑沙滩，咱俩都是反革命……俺刚刚二十八岁，还年轻，什么都能干……"

场长求援地对我们说："小刘，小梁，你们快把她劝走，我受不了……"场长逃命似的钻到窝棚后边去了。

我对那女人说："你知道场长是怎样成为反革命的吗？就是因为他可怜你，让你搭车，给你钱，他才成了反革命！"

那女人胳膊一垂，小包袱吧嗒掉在地上。像被当头打了一棒，她摇晃了好一阵。突然，她抱起孩子，跌跌撞撞地跑了。

"你的包袱！"我喊了一声。回答我的是一阵纷沓的脚步声和憋不住的哭声。沉沉的黑沙滩上，传来海水的轰鸣。

"未必不是一桩天赐良缘。"刘甲台冷漠地说。

"瞎说！"场长从窝棚后边转过来。

"她长得不难看，场长，比你强多了。"

"我不准你对我说这种话，刘甲台，我的军龄比你的年龄都大！"

"场长，你要是个真正的男子汉，就娶了她；要是一身女人骨头，那当然就算了。肥猪碰门你不要以为是狗挠的啊，我的场长。"

"我崩了你个二流子！"场长暴怒地骂起来。

刘甲台不说话了。他又吹起了口哨，在静静的初夏之夜里，这口哨声像一条条鞭子，在我们头上挥舞，在我们心上抽打。

……黑沙滩的孩子没裤子穿，黑沙滩的姑娘往兵营里钻，黑沙滩啊……黑沙滩……

"小梁，我求求你，明天回去把我的抽屉打开，那里边有八百块钱，你偷着送给她，让她投亲奔友去吧，我实在是不能够啊……"

第二天，我回场部去拉柴油，顺便想替场长办了那件事。我看到黑沙滩上围了一大堆人。一个孩子狂奔过来。我截住他问："孩子，那是干什么的？"

"疯子……疯子抱着秀秀跳海了……疯子淹死了……秀秀倒出肚里的水，活了……"

我的头轰的一声响。我扔下车子跑回窝棚，上气不接下气地说："她，她跳海了……她死了……孩子救活了……"

两行清泪顺着场长那枯槁的脸庞流下来："难道是我的错吗？难道是我的错吗？……"他喃喃地自语着，蹲在了地上，好半天没有动一动。

"伪君子！"刘甲台恨恨地说。

"我娶了她，她不会跳海。可是再有一个这样的女人呢？你说，刘甲台，你说，再有一个这样的女人呢？"场长对着刘甲台吼叫。

"我娶！"刘甲台毫不示弱地盯着场长。

"小刘，给我一支烟……"场长无力地坐在地上。那根烟连划了三根火柴才点着。天上没有风，初夏的太阳正在暖暖地照射着黑沙滩和明镜似的海湾。

"小梁，你把钱送给村里人，让他们给秀秀……"

我转身要走，刘甲台伸手拉住了我。他从口袋里掏出了一张五元的票子、几张皱巴巴的毛票、两个硬币，拍在我的手里……

　　浇完最后一遍水不过一周的光景，黑沙滩上的小麦
就一片金黄了。而这时，黑沙滩村农民的麦田已收拾得
干干净净。他们少肥缺水，小麦未及成熟就被西南风呛
死了。又是一个歉收年。黑沙滩的农民们眼馋地瞅着我
们这三百亩丰收在望的小麦，半大毛孩子不时地蹿进我
们田里，捋几把麦穗，用掌心搓去糠皮把麦粒填到嘴里
去。场里把看守麦子的任务交给我们三个，严防老百姓
偷盗。

　　关于疯女人与场长这段令人心酸的"罗曼史"，我
没有向指导员汇报，尽管他再三问我，场长和刘甲台都
有些什么反动言论和活动。场里这时正忙着总结与"民
主派"作斗争的经验，据说，要塞区要在黑沙滩召开现
场会，让郝青林作经验介绍。我虽然也在那封信上签过
名，但已经没有人提起了，这反倒使我心里安定了
不少。

　　田里的麦子一天一个成色，应该开镰收割了。场长
派我去场部催指导员，指导员却说，再等两天吧，等开
完了这个现场会。听说军区首长还要来参加呢，这可是
马虎不得的事情。我回来把指导员的话向场长学了一

遍，气得老头子直摇头。

"场长，你摇什么头？"刘甲台冷冷地说。

"这是血汗，是人民的钱！"

"有本事你去找指导员说去。"刘甲台激他。

"你以为我不敢去？"场长转身就要走。我急忙拉住他，劝道："场长，算了，就拖几天吧，你别去惹腥臊了。"

当天傍晚时分，海上有大团毛茸茸的灰云飘来。西边的天际上，落日像猩红的血。海风潮湿，空气里充满咸腥味。天要变了。海边的天气变化无常，每当大旱之后，第一场风雨必定势头凶猛，并且往往夹带冰雹。场长是老黑沙滩了，他当然知道这个时节的冰雹意味着什么。他急躁不安地走动着，嘴里叽里咕噜地骂着人。

这一夜总算太平，虽然天阴沉沉的，风潮乎乎的。我们几乎一夜没眨眼。第二天一大早，场长也不管我们，疾步向场部走去。我和刘甲台紧紧跟着他，我劝他到了场里以后态度和缓一些，刘甲台却一声不吭。

场里正在大忙，几十个战士在清扫卫生，五六个战士在食堂里咋咋呼呼地杀猪。指导员两边跑着，嗓子都喊哑了，可战士们还是无精打采，那头猪竟从食堂里带着刀跑出来，弄得满院子都是猪血。

"老王，麦子！麦子！你看看这天，一场雹子，什么都完了！"场长截住气得发疯的指导员，急冲冲地说。

"老左，请你回去。一切我都会安排妥当的。"指导员阴沉着脸说。

"你看看这天，看看这天！"

"请你回去，老左！我再说一遍，请你回去！别忘了你目前的处境。"

场长浑身颤抖，几乎要倒下去，我伸手扶了他一把。

"梁全，刘甲台，你们赶快回去，严防阶级敌人偷盗破坏，麦子明天就收割。"指导员命令我们。

场长还想分辩，这时，一辆辆吉普车从远处的公路上开来了，在车队中央，还有一辆乳白色的上海牌轿车。指导员有点气急败坏地对着我们喊："快走！"他自己则跑去集合队伍，准备迎接首长了。我和刘甲台架着气得暴跳如雷的场长，几乎是脚不点地地向我们的窝棚跑去。

"好大的气派，黑沙滩这下要出大名了。"我说。

"这是场长的功劳。"刘甲台说。

"呸！"场长啐了一口唾沫。

麦田里有几十个人影在晃动，老百姓在偷我们的麦子。我们冲了过去。腿脚灵便的都跑了，只抓住了两个六十多岁的老头子和几个小孩子。

"嗨，人一穷就没了志气……我六十多岁的人了，也来干这种事情……羞得慌呀，同志。可是这儿——"老汉指指肚子，"不好受啊！"

"同志，这天就要变，你看那云彩，五颜六色的，笃定要下雹子。这麦子，还不如让给老百姓，国家松松指缝，够老百姓吃半年啊。"

这时候，从遥远的海中，有隆隆的滚雷响起。风向忽然不可捉摸，一会儿一变。从西北方向的海平面上升腾起一大团一大团花花绿绿的云来。麦穗在惊恐不安地颤动。场长抬头看天。他的面部表情在很短的时间内起了复杂的变化，忽而激愤，小眼睛射出火一样的光；忽而迷惘，眼神游移不定；忽而凄楚，泪花在眼眶里闪烁……最后他的脸平静下来，平静得像一块黑石头刻成的人头像。

风在起舞，浪在跳跃，鸥鸟在鸣叫。乌沉沉的天上亮起了一道血红色的闪电，适才还是隐隐约约的滚雷声已经听得很清楚了。

"场长，这天笃定要坏，解放军没空收割，我们老百姓帮忙，不能眼看着到手的粮食糟蹋掉……"

又是一道闪电，紧接着便是一串天崩地裂的雷声。场长平静的脸上突然闪过一道坚毅的光，他终于开口了："乡亲们，你们快回村去叫人，就说，解放军的麦子不要了，谁割了归谁，越快越好。就说是解放军的场长说的，快，快啊！"

"场长，你疯了？"我惊叫一声。

"你才疯了！"刘甲台推我一把，高喊起来，"老乡们，快回去，拿家伙，谁收了归谁啊！"

人群一哄而散，向着黑沙滩村跑去。

"场长，你不怕……"

"怕什么？怕狼怕虎别在山上住！"刘甲台愤愤地盯着我。

"小刘，小梁，今天的事我自己承担。我知道，三百亩麦子只能使黑沙滩的老百姓过几个月好日子，解决不了根本问题。我知道，这事会带来什么后果。事过之后，你们俩全推到我身上。"

"场长，刘甲台向您致敬！"刘甲台对着场长敬了一个庄严的军礼。这个像冰块一样冷的小伙子，眼里的泪水在亮晶晶地闪烁。

"场长……我跟您一块儿去蹲监狱。"我说。

"小伙子，问题没那么严重。"场长拍拍我的脑袋说。

黑沙滩的农民们蜂拥而来，男女老幼、红颜白发，像一条汹涌的河……走在最后边的是八十多岁的鱼婆婆，她收养着秀秀。那天，我偷偷地把钱给了她……

> 一头黄牛一匹马
> 大轱辘车呀轱辘转呀
> 转到了我的家
> ……

在一阵紧似一阵的雷声中，在镰刀的唰唰声中，在粗重的喘息声中，我又一次听到了这支歌，那是刘甲台唱的。

"黑沙滩哄抢事件"被编成《政工简报》发到了全要塞区连以上单位。不久，要塞区开来一辆小车，把场长拉走了。

那天，也不知是谁走漏了风声，一大早，农场营院大门口就聚集了上百个老百姓，他们在无声地等待着。当载着场长的汽车缓缓驶出大门口时，人群像潮水一样涌了上去。

"场长！"

"左场长！"

……

人们呼喊着，什么声音都有，不要命地拦住了车子。司机只好停住了车，场长弯着腰钻出车来，身体像狂风中的树叶一样抖动不止。他说："乡亲们……再见了……"

那天参加"哄抢"的一个老汉抓住了场长的一只手，眼泪汪汪地说："老兄弟，是俺连累了你……俺吃了你的麦子，心里都记着账，日后光景好了，一定还给你……兄弟，你就要走了，没别的孝敬，乡亲们擀了点面条，你……吃一点吧，赏给乡亲们个脸……"

十几个妇女揭开用包袱蒙得严严实实的盆盆罐罐，双手捧着，递到场长面前：

"场长，吃俺的。"

"吃俺的，场长。"

鱼婆婆牵着秀秀，分开众人，颤巍巍地走上前来。她什么也没说，从秀秀手里接过一个小碗、一双筷子，从每个盆里罐里夹起几根面条放到小碗里，那些面条切得又细又长，抖抖颤颤，宛若丝线。"我到年就八十八了，叫你一声儿子不算赚你的便宜，孩子，你吃了这碗面吧。这是咱黑沙滩的风俗，亲人出远门，吃碗牵肠挂肚面，省得忘了家，忘了本。"她把碗递给秀秀，说，"秀秀呀，把面给你爸爸……"

"爸……爸……"秀秀双手捧着小碗，一点一点举起来。

场长双手接过碗，和着泪水把面条吞了下去。

鱼婆婆低下头，把场长那半截牛皮腰带给他塞进裤鼻里："你呀，往后要拾掇得利利索索的，村里的姑娘媳妇都笑你邋遢哩……"

"娘！"场长扑跪在鱼婆婆面前……

汽车载着场长走远了，但战士们、村民们没有一个离去，大家都泪眼朦胧地望着那沿着大海蜿蜒而去的公路……

……这一年年底，刘甲台服役期满，复员了。我由于在"黑沙滩事件"中没站稳立场，也被提前复员处理了。我的"与红薯干离婚"的计划彻底破产了。我走时，郝青林到车站送我。他忙前忙后地照应我，仿佛是我的勤务兵。最后，他说："梁全……这里的事……求你别回家乡说……"我心里仿佛打翻了五味瓶，但还是点了点头。

回到家乡后，村里人议论纷纷："早就说了嘛，梁家的小子成不了气候，这不，一年就卷了铺盖。人家郝家小子，入了党，升了副指导员，这就叫'狼走遍天下吃肉，狗走遍天下吃屎'……"

听着这些议论，我连头都不屑回过去。我一点也不后悔，因为我在黑沙滩当过兵。

"一个平淡无奇的故事。"我的妻子撇撇嘴，打了一个哈欠。

确实，这故事本身平淡无奇，可是黑沙滩是迷人的。它其实是一种成熟的麦粒般的颜色，在每天的不同时刻，它还会给人带来视觉感受上的变化。在清晨丽日下，它呈现出一种温暖的玫瑰红；正午的阳光下，它发出耀眼的银光；傍晚的夕阳又使它蒙上一层紫罗兰般的色泽。总之，它不是黑色的，即使是在漆黑的夜晚，它也闪烁着隐隐约约的银灰色光芒。

（一九八四年）

岛 上 的 风

008岛实在小，小得可怜巴巴。要不是某年某月某日岛上驻上了一支队伍，要不是蓬城要塞区某位首长用阿拉伯数字给这个岛编了号，那么它连个名字也不会有。小岛面积零点三平方公里，岛上荒草没膝，杂树丛生，树上海鸟成群。最近两年，岛上又添了一种动物——家猫变成的野猫。家猫的上岛要从要塞区冯司令的上岛谈起。一九八〇年春，冯司令从新疆大戈壁滩调到蓬城要塞区，为了熟悉情况，他乘上船运大队的登陆艇，把区内各岛转了一遍。他在008岛上发现野草鲜嫩，淡水充足，便忽然生出妙想，回到蓬城后，责令后勤部买了一百只小兔，一百只鸡雏，送上了008岛。冯司令命令岛上驻军只管把鸡兔放开，任它们自生自长，反正四面是海跑不了，几年之后，008岛就会鸡兔成群，就会成为"天然鸡兔场"，岛上战士的生活就会大大改善。但是，富有想象力的冯司令却犯了一个很大的错误：他只看到了岛上的野草和淡水，却没有看到岛上那些无穷无尽的石缝里藏着成群结队的大老鼠。这些老鼠像海盗一样凶狠，无法无天，在很短的时间内，就把送上岛的二百个小动物消灭殆尽，剩下的几只小兔子被岛上驻军战士苏扣扣放在自己的床底下，用一只纸箱子保护起来，也未能逃脱海老鼠那尖利的牙齿。岛上又黑又壮的驻军战士刘全宝回胶东探家时也忽生奇想，求亲拜友，搞了十几只大小不一的猫，用纸箱子装上了海岛。他想来个一物降一物的战术，把岛上的老鼠消灭干净之后再来实行冯司令的大胆设想。谁知道，刘全宝历尽千辛万苦，在火车上、轮船上挨了列车员、服务员若干次训斥，说好说歹才未被罚款——总之是好不容易运上海岛来的猫。可是，这猫，竟不敢与海老鼠作对，反而狼狈为奸，专门爬上树去偷吃海鸟的幼雏。008岛上天真烂漫的新战士苏扣扣，竟天真烂漫地给冯司令写了一封天真烂漫的信。他向冯司令报告了"天然鸡兔场"的破产和家猫的改行，请求冯司令送二十只羊羔或两头肚皮上带白花的小奶牛上岛。苏扣扣在信的末尾写道：冯司令，要是这个计划实现了的话，那么，等您下次上岛时，我们就可以用牛奶和羊肉包子招待您了。冯司令看了这封信，没顾上处理就接到紧急通知到军区开会去了。信随便地放在书桌上，他的在 W 城大学读书的女儿冯琦琦放暑假回来，正愁着在小小的蓬城无法打发漫长的假期，看到苏扣扣这封信，高兴得差点蹦起来。这个生物系动物专业的高材生，达尔文的狂热崇拜者，立即找到要塞区参谋长，说明了要上岛考察的意思，参谋长把电话挂到船运大队，船运大队的 03 号登陆艇恰好要给甘泉岛守备连送给养，008 岛是他们的第一站，正好把冯琦琦带上。

03 号登陆艇停在 008 岛那片狭小的海滩前的海面上，放下小艇，把岛上驻军半个月的给养和半个月的报刊书信、连同冯琦琦送上沙滩。03 号艇上面孔黝黑、牙齿洁白的小艇长亲自跑上沙滩，把岛上驻军最高首长——副班长李丹拉到一边，郑重交代道："老弟，那位是冯司令的千金，芳名冯琦琦，不知哪根神经不正常，要上岛考察什么'生存竞争''最适者生存'。见鬼！参谋长要我告诉你们，一定要保证她的安全，少她一根汗毛，拔你十根胡子！"

李丹用眼睛瞥瞥站在沙滩上啪啪按动照相机快门给

海岛拍照的冯琦琦，问："她是干什么的？"

"W城大学学动物的——疯丫头，要塞大院一号种子。当心别让她爱上你，爱上你倒也好——那你这个守岛七年的二茬光棍就有靠山了。——老弟，你是怎么搞的，连个老婆都看不住？"

"行喽，老兄，别提这些恶心事了。"李丹与小艇长同年入伍，都是北京人，说起话来也就不顾忌。

"你也天生是笨蛋，要是我，就不同意离，硬给她拖着。"小艇长抽出一根烟，扔给李丹，自己也抽出一根点上。"听说你连那个'第三者'的毫毛也没动一根？要是我，先揍他一顿，然后到法院告他一状。妈的，老子在海岛为你们站岗放哨，你们在后边拆散我们的家庭，难道这还不犯法？"

"算了吧，艇长先生，本人现在不去为这些事伤脑筋，你们这些两栖动物闲着没事，就多给报纸上的道德法庭写几篇文章，为当兵的摇旗呐喊。现在最现实的问题是，你给我带来了麻烦——岛上只有三间东倒西歪的屋子，一场台风就能刮倒，你让我怎么安排她睡觉？安排进大石缝里，让毒蛇和野猫把她吃掉？"

"随你的便，反正我把她交给你时不缺胳膊不少腿。"

小艇长拉着李丹来到冯琦琦面前。

"冯琦琦同志,这位是李副班长,008岛的酋长,你的吃喝住行由他负责。'女达尔文',本人不能奉陪了,半个月后我来接你下岛,祝你考察顺利。"小艇长像移交一件珍贵文物一样把冯琦琦交代给李丹,便跳上小艇向大艇划去。他的03号艇还要赶到甘泉岛去。

008岛离甘泉岛还有三十浬,而这时,七月的太阳已经距离海面不远,海水已被阳光映照得一片金黄,成群的海鸟也抖动着染着紫红色光辉的翅膀,啼叫着在小岛上空盘旋着。尽管这008岛上有几十只凶恶的野猫,可它们还是在这儿栖息、作巢、生儿育女。

冯琦琦是个脖颈光滑洁净、双腿颀长优雅的漂亮姑娘,此刻,这个健美的胸脯上挂着W城大学白底黑字校徽、头戴一顶花边小草帽的姑娘正站在008岛的金色沙滩上,在全岛驻军的睽睽目光下受着审查。所谓全岛驻军,其实不过四个大兵:白净面皮的副班长李丹,黑不溜秋的刘全宝,小胡子乌黑的向天,满脸茸毛的苏扣扣。四个大兵专注的目光使一向以泼辣大胆闻名于W大学生物系和要塞区大院的冯琦琦,也有些不自在起来。她面皮有点微微发烧,心里也有些惶恐。但她毕竟是将门虎女,毕竟是最崇拜达尔文并多次用达尔文的生存竞争理论来解释人类社会、认为人与人之间也是"最强者生存"的未来的动物学家，她向前跨了一步，莞尔一笑之后说："干吗这样看着我？好像我是从海里爬上来的女特务。"

"欢迎您小岛考察，冯琦琦同志。"李丹不卑不亢地说。

"冯——琦——琦——？好美的名字！你是踏上我们008岛的第一个女性，你给我们这些孤岛鲁宾逊带来了光明。"留着小胡子的向天油腔滑调地说。

"胡扯淡！俺孩子她娘去年还上岛住了两个多月，连你的臭袜子都洗过，她难道不是女性？"胶东大汉刘全宝愤愤不平地反驳向天。

"她？当然不算。女性，是指那些年轻漂亮的姑娘。"向天狡辩着。

"那你说，你妈妈要算男性了？"刘全宝闷声闷气地问。

"老刘，干吗要骂人呢？"向天满脸发红，尴尬地说。

"哈哈，谬论家又被庄户孙打败了。"苏扣扣拍着手笑起来。

"得了，得了，苏扣扣，做你的奶牛梦去吧！明天冯司令就会给你送两头奶牛来。"向天嘲弄道，"你怎么不让冯司令给你送个媳妇来？"

"老向你不相信？等到冯司令真把奶牛送来，挤了牛奶你别喝。"苏扣扣说。

"冯司令会管你这些屁事！他老人家早就把008岛给忘了，你那封信不知在哪个字纸篓里睡觉哩，"向天轻蔑地皱皱鼻子，"上次冯司令来岛，那是新官上任三把火，是为了登报扬名，你没看到军区小报登着'冯司令视察海岛，关心战上生活，解决战士困难'，狗屁！"

"向天！"李丹愠怒地喝道，"闭住你的嘴巴，把这袋土豆扛到伙房去。"

"'副司令'，别发火嘛。不让说咱不说还不行？"他弯下腰，说，"来，老刘，把麻袋给我搭到肩上。"

刘全宝和苏扣扣把满满一麻包土豆抬到向天背上，向天吭吭哧哧地走了。

"冯琦琦同志，请不要见怪，我们就是这样生活的。"李丹不冷不热地对冯琦琦说。

冯琦琦点点头，她抬头望望扛着沉重的麻包在前边歪歪斜斜地走着的向天，心情一时很复杂。她对苏扣扣说："小苏，据我所知，你那封信冯司令看了，也没扔到字纸篓里。"

"你是怎么知道的？"苏扣扣惊诧地问。

"我，是他的女儿。"

"啊？"苏扣扣和刘全宝惊愕地睁大了眼睛。

李丹脸色冷漠，挟起两袋子面粉向着营房走去。

　　李丹率领着三个大兵，在那间储藏室里为冯琦琦安了一张床板。008岛上没有招待被褥，李丹摘下了自己的蚊帐，老刘抽出了自己的褥子，苏扣扣拿出自己的被子，向天拿出自己的棉衣捆成一个枕头，七拼八凑，总算把这个千金小姐的床给铺好了。晚饭是在战士们的宿舍吃的，冯琦琦慷慨地拿出自带来的两袋牛肉干让战士们吃，但只有向天吃了几块。老刘和苏扣扣看着李丹的脸色，李丹不吃，他们也不吃，这反倒弄得冯琦琦很尴尬。晚饭后，李丹送给冯琦琦一个手电筒、两支蜡烛、一盒火柴，把她送到储藏室，转身就走了。

　　海岛的夜晚冰凉潮湿，海浪冲撞着房子后边的礁石，发出阵阵轰鸣。冯琦琦在跳动的蜡烛下枯坐了一会儿，觉得寂寞无聊，便吹灭蜡烛拉开被子睡觉。潮湿的被褥使她感到浑身难受，翻来覆去睡不着。海浪轰鸣的间隙里，传来一种若有若无的时断时续的窸窣之声，像蛇在草丛中爬，像钢丝在风里颤抖，像精灵在黑暗中唱喁低语，冯琦琦不觉有些害怕起来，便翻身下床，又重新点起蜡烛。床板下忽然传来"吱吱"的怪叫声，她揿亮手电筒一看，差点吓昏过去，原来，一条胳膊粗的黑蛇缠住一只大老鼠。冯琦琦惊叫一声，夺门而出。

住在隔壁的战士们闻声跑来。

"蛇……蛇……"冯琦琦结结巴巴地用手指着储藏室。李丹捏着手电筒走进去，对着床铺下照了照，若无其事地说："蛇为我们除害，很好嘛。哎，你不是上岛来考察'生存竞争'的吗？就从这里开始吧！"

"你别怕，蛇根本不会向人主动进攻，我刚来时也怕得要死，后来才不怕了。我们副班长说，他们刚上岛时，见蛇就打，结果把老鼠的天敌打光了，老鼠才猖獗起来。现在，蛇是我们岛上的重点保护动物哩。"苏扣扣说。

"我敢跟蛇一个床上睡觉。"向天说。

苏扣扣说："老向就会吹牛皮！有本事你把这条黑花蛇拿到床上去，我今天夜里替你站一班岗。"

"向天，去拿把铁锹来。"李丹支派走向天，对冯琦琦笑了笑，"有的人以为小岛上除了音乐就是诗，可不知道小岛上还有粗话和牢骚。"

"我是研究动物的。"

"你研究人吗？人也是动物。"

"马克思说，猴体解剖是人体解剖的一把钥匙。我想动物之间的关系也是理解人与人之间关系的一把钥匙。"

"这是错误类比。"

"哈？你还学过逻辑？"

"只要拿出钱走到书店里，书籍对当兵的和大学生一视同仁。"

"你现在自学的方向是……"

"正前方。"

向天拿来铁锹，把那条和老鼠纠缠在一起的蛇铲出去，扔在草丛里。惊魂未定的冯琦琦揿着电筒，把储藏室的每个角落都照遍了，惟恐再有一条蛇钻出来。

第二天早晨，冯琦琦在朦朦胧胧中听到海滩上有噼噼啪啪的声响，起初她以为大兵们在放机关枪，连忙爬起来，一看，嗬！原来是四个大兵围在一起放鞭炮。海滩上落了一层花花绿绿的碎纸片，空中弥漫着硝烟气味。苏扣扣那张娃娃脸上满是笑容，他站在一块突兀的礁石上，高声喊道："妈妈，十七年前你在这个时刻生下了我，现在我站在大海中向你致敬！您的儿子十七岁了，能为您站岗了，身高一米六十二点五了，体重——不知道，反正比刚当兵时长胖了，妈妈，我挺想您，副班长说，站在礁石上高声喊您就会听到的——妈妈——！"

冯琦琦的心猛地颤抖了一下，她急忙跑回屋去拿来照相机，想把苏扣扣站在礁石上喊妈妈的情景摄下来，可是等她回来时，苏扣扣已经跳下礁石，向着她走来："老冯同志，今天我过生日，副班长决定放假，全班为我庆祝，你愿意参加吗？"苏扣扣期待地望着她。

"愿意，当然愿意。"苏扣扣站在礁石上那一番真情高喊，好像推开了冯琦琦心灵深处的一扇窗户，从那里吹出了一股温暖的风，传出了一种委婉的音乐，使她鼻子酸溜溜地难受。她决定推迟自己的考察计划，先来考察考察这几个守岛兵，尤其是那个谜一般的副班长，也许，这比她原来的计划有意义得多。

"副班长，老冯同志也要参加我的庆寿大会！"苏扣扣高兴地对李丹说。李丹笑着点点头。

上午九点钟，潮水退下去了。沙滩上，四个守岛兵和冯琦琦围圈而坐。

"同志们，今天是小苏同志的十七诞辰。他基本上还是个小孩，可是他已经在这远离大陆的小岛上过了一年，晚上站岗，白天巡逻，一年四季，风霜雨雪，永远是那么欢欢乐乐，无忧无虑，我提议，为我们这个小兄弟的十七大寿，干杯！"李丹眼眶潮湿地说着，举起装满了白开水的搪瓷杯来。

"干杯！"四个搪瓷杯和一个铁碗碰到一起，水溅了出来。

每个人都喝了一口白开水，苏扣扣提议："今天是我的生日，每人要出一个节目为我祝寿，行不行啊？"大家都点头答应。

"第一个节目，请副班长为我作首诗。"苏扣扣点将了。

"胡扯淡，我哪会作诗？"

"别谦虚了，'副司令'，谁不知道你是大诗人，军区报上三天两头发作品。"向天嘴里嚼着冯琦琦拿来的巧克力说。

"好吧。"李丹双手搂住膝盖，默想片刻，低低地吟哦道：

　　我爱岛，
　　我爱岛上的风。
　　因为它永远眷恋着海岛，

即使去趟大陆，

也总是匆匆地赶回来，

像一个忠诚的守岛兵。

"这算什么诗？简直是大白话。"向天高叫道，"'副司令'，来一首有味的，关于爱情的。"

"这一首里就全是爱情。"李丹说。

"不假，全是爱情，那海风，不就像我老刘吗？即使去趟大陆，也是匆匆地赶回来。俺孩子他娘眼泪在眼眶里打转，刚会走路的小儿子扎煞着小手叫爸爸，当时我那心呐，全都是爱情啊！就像那大浪头淹没礁石，哗——！千百条小溪从礁石上往下流。我想，何必呢？守岛七年了，连儿子的义务都尽够了，该回去了。可俺孩子他娘说，海生他爸，只管走你的，别记挂俺娘们，我饿不着，冻不着，村里照顾得挺好，你就在那儿安心干吧。领导上不撵你走，你自己别要求往家走……咳，俺那口子，真不愧是胶东老根据地的女人呐……"

"嗬，嗬，老刘，今儿是给扣扣祝寿，怎么又把孩子他娘给扯出来了？"向天不耐烦地说。

"说吧，说吧，老刘，我愿意听！说说大嫂是怎么爱上你的。"苏扣扣道。

"算了，不说了，还是给你祝寿。"

"那么，老刘，唱支歌吧，唱个山东小调'送情郎'。"苏扣扣说。

"老刘，你行行好，千万别唱，你那嗓门杀人不用刀。"向天挖苦道。

"老刘，唱吧。"李丹说。

憨厚的老刘，脸上突然显得肃穆起来，他把两只大手放在膝盖上来回擦着，擦着，脸憋得红红的，吭哧了半天，突然抬起头。他的嗓音醇厚，唱起歌来其实非常好听：

　　　　送情郎送到大门外，
　　　　妹妹送郎一双鞋，
　　　　千针万线一片心，
　　　　打不败老蒋你别回来。
　　　　送情郎送到大路边，
　　　　妹妹掏出两块大洋钱，
　　　　这一块你拿着路上做盘缠，
　　　　这一块你拿着去买香烟。
　　　　……

这些年来，冯琦琦听过各种各样的歌唱表演，但那些衣着华丽的歌唱家的歌声里，都缺乏老刘的歌声里所蕴含着的真情和魅力，老刘的歌声唤醒了她心灵深处深藏不露的女人的温情，她感到自己好像在海浪上漂浮，而歌声就是托住她的浪花……

"老刘，你唱得太好了……"冯琦琦举起水杯，说，"我提议，为小苏的十七大寿，也为老刘的那位妹妹，干杯！"

"干杯！"

"该你了，老向，出个什么节目？"苏扣扣问。

"我？我说个笑话。有一个县官做寿。"

"不听，不听，说过多少遍了。"

"好，另说一个。有一个小伙子对姑娘说：'你要这要那的，不怕人家说你是个高价姑娘吗？'姑娘说：'生命诚可贵，爱情价更高嘛！'"

"没劲。"老刘道。

"我再说一个，不信说不笑你们。"

"算了，老向。"苏扣扣说着，看了一眼李丹。

李丹脸色阴沉，额头上显出两道深深的皱纹。

"副班长，对不起……我不是有意触你的伤疤……"向天嗫嚅着说。

"副班长，这样的坏女人不值得留恋，她跟你离了正好，你要是不嫌弃俺胶东姑娘长得腰粗脸黑，就让俺孩子他娘给你介绍一个，保证贞节可靠。"

"那样，副班长可就回不了北京了。"向天说。

"回北京干吗？北京有什么好的？满街筒子是人，汽车来回窜，走个路都提心吊胆的，哪如俺胶东好，俗话说：烟台苹果莱阳梨，胶东姑娘不用提……"

"好了，兄弟们，为了小苏的十七大寿，干杯！"李丹举起搪瓷缸把半缸子水咕咚咕咚喝下去。

"小苏，我也要为你出个节目吗？"冯琦琦低声问。

"谢谢你，老冯同志，老冯，冯大姐，你就给我讲讲'生存竞争'，'最适者生存'吧……"

"一切生物都有高速率增加的倾向，因此不可避免地就出现了生存斗争，这种斗争是残酷的，你死我活的，而尤以同种间的个体斗争最为剧烈……而本种同性的个体间的斗争更为剧烈，其结果并不是失败的竞争者死去，而是它少留后代。雄性鳄鱼当要占有雌性的时候，它战斗、叫嚣、环走……雄孔雀把美丽的尾巴极小心地展开，吸引伴侣……总之，对于两性分离的动物，在大多数情形下，为了占有雌者，便在雄者之间发生了斗争。最强有力的雄者往往取得胜利。成功取决于雄者具有的特别武器，或者防御方法，或者魅力，轻微的优势就会导致胜利……这就是说，在自然界里，这是一条普遍规律……当然，不一定适用于人类社会……"冯琦琦面红耳赤地解释着。她忽然觉得，她奉之为人生信条的理论有着明显的局限性，对于人，对于这些兵，如果机械地套用和推论，那将要出现很多的不可解释的矛盾。

"你总算学聪明了一点，冯琦琦同志。有的男人并不一定使用他的'特别武器''防御方法'和'魅力'，有的女人，也不一定去注意这些东西，人是动物，但动物不是人。"李丹说。

三个战士瞅着他们的副班长和面色苍白的冯琦琦，仿佛坠进了十里烟雾。而这时，明丽的太阳竟不知何时变成灰蒙蒙的了，有大块大块的铅灰色的乌云从东南方向滚滚飘来，雾蒙蒙的海面上开始涌起了一排排平滑的长浪，那长浪仿佛长得无边无沿，像一道道田埂追赶着向这片小小的沙滩涌来，海面上的鸟低低地盘旋着，惊恐不安地叫着。

"向天，今天早晨收听天气预报了吗？"李丹问。

"没有。"

　　四个大兵的脸都阴沉起来。眼下正是台风季节，而这一列列的长浪就是一个最危险的信号。

　　冯琦琦根本没来得及进行她的"生存竞争"考察，就被大风关了禁闭。她自小跟随当兵的爸爸走南闯北，也算得上是个见过世面的姑娘。内蒙古草原的白毛风，新疆戈壁滩的黄沙风，她都见过，可是那些风比起008岛的风来，简直都不值一提了。那天上午，海上起了长浪之后，"苏扣扣祝寿大会"仓皇而散（这个祝寿会本身就开得不吉利，冯琦琦暗想），刘全宝忙忙碌碌地去做饭，苏扣扣到岛上的山泉那儿去背水，李丹和向天和着水泥堵塞房子裂开的缝隙。冯琦琦从向天的骂骂咧咧中，知道了这排没有任何防风加固措施的简陋住房还是六十年代初期第一批驻岛兵盖的，几十年没有翻修过，甘泉岛守备连向要塞区后勤部连打了几个关于翻修008岛营房的报告，但都如石沉大海没有消息。"妈的，老子要是在这次大风中被这破房子砸死，一缕冤魂不散，先去把后勤部长卡死。"向天骂道。李丹瞪他一眼，他不说了。

　　半夜时分，冯琦琦被一种惊天动地的声响惊醒了。房子外面犹如万炮齐鸣，瓢泼般的大雨像密集的子弹扫射着房瓦；一道道纵横交错的闪电，一个个带着浓烈焦糊味的炸雷，仿佛就在房顶上。冯琦琦透过玻璃窗向外看去，借着一阵阵耀眼的电光，她看到岛上的树木都几乎匍匐在地上，瓦檐上的流水像湍急的瀑布飞泻而下，岛上成了一个水世界。她感到房子在哆哆嗦嗦地抖动，房梁也在咯咯吱吱地响。她恐惧地拉过被子蒙住了脑袋，尽管那条被子上有一股浓重的汗酸味，她也全然不顾了。

老天保佑，总算熬过了提心吊胆的一夜。第二天清晨，暴雨停歇，但风力没有削减，冯琦琦站在床板上，望着狂暴的海。她已经分不清哪是水哪是天了，海天连成一气，融为一体，变成一锅沸腾的滚水。远处海面上那些狼牙般的礁石也看不见了。这情景让冯琦琦不寒而栗。台风要把一个瘦长的姑娘卷到大海里简直不费吹灰之力。因此，她只能胆战心惊地在这间阴暗的储藏室里徘徊。桌上有老刘亲手做的六个大馒头，足够她吃三天的，桌子下边放着两暖壶开水，够她喝两天，一张废报纸上摆着六条烧熟的咸巴鱼，够她吃半个月，所以，尽管形势险恶，孤独、寂寞、心里发毛，但毕竟死不了人。

狂风暴雨一直折腾了一天两夜。早晨，风停了。这突然的安静竟使冯琦琦更加惶惶不安。她的年轻健美的身躯，竟一阵阵不由自主地颤抖，像在风雨中发抖的树叶。她没有勇气去打开那扇门，然而，大兵们已经把门敲响了。

"老冯，冯大姐，还活着吗？"苏扣扣在门外哈哈地笑起来。

冯琦琦不愿意将自己的软弱暴露给别人看，赶忙整衣整容，屏神息气，平平静静地开了门。

"让你受惊了。"李丹那双眼里仿佛有火花跳跃了一下，也不知是嘲讽，还是关切。

"我欣赏了一幅壮丽的油画。"冯琦琦轻松地说。

"大难不死，必有后福，说不定，我向天以后的日子就好过了。"

"别高兴得太早了，先生，这是台风眼。"刘全宝顶了向天一句。

"台风还有眼？"生物系高材生对气象学一窍不通，惊诧地问。

没有人来向她解释台风眼的问题。大家一齐跑到高坡上，张望着愤怒的海。尽管此时觉察不到风的流动，耳边听不到风的呼啸，但海水还在躁动咆哮。海中央好像有无数的恶龙在厮杀，一片片高如屋脊的黑色浪头，拥拥挤挤地、漫无方向地在海中碰撞，浪头碰着浪头，像一群巨人在摔跤、角逐。前边的倒下去，后边的站起来。整个海面成了一片奇峰突兀、怪石崚嶒的山峦。海空中没有一只鸟，海鸟正躲在岩缝里缩着脖子打哆嗦。小岛的树木微微抬起折弯的腰，好像随时准备趴下去，一些满身绒毛的鸟雏被摔死在地上。这时，冯琦琦忽然想起了爸爸的关于"天然鸡兔场"的设想，要是老头子经过一番008岛暴风雨的洗礼，绝对不会生出这般天真的幻想的。那兔、那鸡能禁得起这样激烈的风吹雨打吗？即使岛上没老鼠。看来，苏扣扣的"牛羊"设想也许可行，冯琦琦想着，不禁哑然失笑，她已决定，回去后一定要把这里的情况向老头子报告，撺掇爸爸给008岛和苏扣扣送几只羊、几头牛……而这时，又一个奇特的自然景象令这位未来的女学者冯琦琦眼界大开：只见那厚厚阴沉犹如一块沉重幕布的灰色天空，忽然裂开一条缝，露出了一线瓦蓝的天空，那线晴空蓝得刺目耀眼，令人不敢仰视，像苍天的一只眼睛，这就是所谓的"天眼开"吗？谁知道！那"天眼"周围则是立体的云，层层高耸，像一道悬崖峭壁。冯琦琦被这瑰丽的景象惊得目瞪口呆，面孔白得没有一丝血色。她偷偷地看了一下四个大兵，发现他们也都面有惶然之状，看来，这

"天眼开"的景象他们也是初次见到。

"上帝保佑，阿门！"向天滑稽地在胸前画了一个十字。

"天眼"很快就闭上了。天又变得昏暗起来，云层也越压越低，在不远处的海面上云朵与浪头连接在一起，一大朵一大朵飞速旋转的黑云仿佛在浪间穿行，云与浪组成一道环形的高墙，在一步步地向里压缩、拥挤。小岛变成一个井底，井壁是海水，恶浪如张牙舞爪的怪云。空气凝重，气压越降越低，一种大难临头的恐怖使岛上的生物都像死去了一般鸦雀无声。冯琦琦看到在一条石缝里蹲着两只浑身精湿的野猫，扎煞着又长又硬的胡子，眼睛发着绿光，一动也不动。另一条石缝里，几十只海鸟拼命挤在一起，几十条细长的鸟脖子簇拥起来，仿佛有一只无形的大手在捏拢着它们……

"我，我给你们讲个笑话，有一个地理老师说……月亮大得很，那上边可以住几万万人……一个小学生突然笑起来，老师问：'你笑什么？'学生说：'老师，月亮变成月牙儿的时候，那上边的人多么拥挤啊！'……"

向天舌头打着嘟噜说完笑话，冯琦琦、苏扣扣、刘全宝都笑了。但那笑容宛如一道淡淡的霞光，顷刻就消逝了。唯有李丹朗声大笑，笑得那么开朗，那么真诚：

"向天，你这个笑话质量高，等台风过后，你把它写下来，寄到《中国青年报》'星期刊'去，肯定能发表。"

"我就是从那上边学来的。"

大家又一次忍不住地笑了。向天却一反常态，抽抽搭搭地像要哭起来："妈的，这鬼地方……这鬼风……老子要是这次死不了，说啥也要打铺盖下岛……哪怕到大陆上去蹲监狱，也比呆在这鬼地方好……"

"窝囊废！"刘全宝鄙夷地骂了一句。

"老弟，擦干眼泪，赶快上伙房烧水做饭。老刘，你也去。小扣扣跟我一起去，把我们的宿舍给冯琦琦腾一间，离得近点，准备万一。走，去搬床铺。"李丹拍拍向天的肩头，又转过脸来问冯琦琦，"你同意吗？"

"谢谢……"冯琦琦忽然感到有股热流哽住嗓子，泪水溢出了眼眶。

"等台风过后，让我们一起来考察 008 岛的生物链条，我们当兵的对这个也很感兴趣。"李丹脸上那种一贯的冰冷讥讽的表情消失了，他真诚地说。

冯琦琦永远也忘不了李丹这一瞬间所表现出来的细腻感情，这个心灵上烙着巨大创伤的年轻人，那真诚的面孔显得十分感人。

年轻的人们分头忙碌起来。李丹和苏扣扣随着冯琦琦来到储藏室帮助冯琦琦搬家。冯琦琦把牙缸、牙刷等杂物归拢好，又顺手从墙上摘下那顶用金黄色麦秸编织而成、俏皮的帽檐上镶着花边的遮阳小草帽。这时，她凭着下意识，感到有两道炽热的目光盯着她的手，她抬起头，果然看到李丹的那一瞬间又变得复杂莫测的眼神。

"你喜欢吗？……这顶草帽……是我同学回北京时从工艺商店排队买的……"她说，"现在北京姑娘最时兴戴这种草帽……如果你喜欢，就送给你……"冯琦琦语无伦次地说着。

"不，不，不喜欢。"李丹摇摇头，走上前去，把被子搬走了。

冯琦琦一把拉住苏扣扣，问："小苏，告诉我，这是怎么回事？"

"副班长的爱人……不，那个坏女人，就是被人用一顶花边草帽引去了的……不，我也说不清楚……"苏扣扣慌慌张张地说，"副班长，这就抬床板吗？"

如果一场巨大的台风是一台戏剧，那么，如田埂般平滑的浪头在海上奔涌追逐就是序幕；第一个风浪冲击波是不同凡响的初潮；令人心灵压抑张皇失措的"台风眼"是惊心动魄的过渡；而"台风眼"之后的风暴就是真正的高潮！冯琦琦上岛后第五天下午，这个高潮就铺天盖地地展开了。起初，五个年轻人还在一起说说笑笑，可当"台风眼"匆匆过去，强台风最疯狂的第一声怒吼从大洋里扑上小岛之后，谈笑就成为不可能的了。大家按照事先的布置，把武器、食物放在身边，随时准备在房子经受不住暴风雨时冲出去，冯琦琦是刘全宝的重点保护对象，一旦发生什么情况，刘全宝就要不顾一切保护她——这是李丹暗暗交代给刘全宝的命令。

　　对008岛上这几间简陋的房屋来说，最大的威胁好像不是风，因为它建筑在岛子避风的低洼处，它的后边是一排屏障般的礁石。所以，尽管几十年来年年台风不断，但都未能摧毁它。但这一次却不同了。这一次的台风引起了强烈的海啸，一个个高如山峰的黑色巨浪飞过礁石，像一颗颗重磅炸弹，带着毁灭一切的气势，劈头盖脸地对着房子砸下来。五个年轻人围成一团，瞅着四壁和摇摇欲坠的房顶，在狂风巨浪中，他们觉得这房屋像纸糊的玩具一样，随时都可能坍塌在地上。副班长李丹面有踌躇之色，他正在紧张思索，权衡着撤出房屋与留在屋里凭侥幸度过这场灾难的利弊。但这时，房子里的人听到一阵如群狼叫嗥、如鼓角齐鸣、如裂帛、如惊雷、如迪斯科滚石音乐般的巨响，房顶塌陷下来，海水灌进房子，窗玻璃迸成无数碎片。

"快，带上武器冲出去！"李丹高喊着。在海的嘈杂吼声中，李丹的喊叫，微弱得就像蚊虫在遥远的地方嗡嗡嘤嘤。

刘全宝把冲锋枪甩上肩头，拉住吓得已浑身瘫软、双眼迷离的冯琦琦，一脚踢开房门，冲了出去，海水哗啦一声涌进屋来。向天什么也没顾上拿，空手从窗口跳了出去。这时，又一个巨大的浪头砸下来，海水混杂着房顶上的砖石瓦块落了下来。一根沉重的水泥预制梁打在正在把班用轻机枪抡上肩头的苏扣扣的腰上，苏扣扣扑倒在水里。房子的后墙经不起这连续的打击，像一个疲乏的老人一样缓缓地倒过来。李丹脸色铁青，一步冲上前去，用他那瘦削的肩头顶住了那堵墙壁。"快来救扣扣——！"他竭尽全力喊了一声。被风吹得紧贴石阶小路、拖着冯琦琦向高坡爬行的刘全宝，隐隐约约听到李丹的喊声，回头一看，只见面色惨白的向天跟在他的身后，李丹和苏扣扣没有出来。"向天，你妈的！"刘全宝把冯琦琦推到向天那里，喊道，"紧拉住她！"随后便团拢身子，一个就地十八滚滚回到已泡在海水中的房子里。他掀起水泥预制梁，把昏迷不醒的苏扣扣拖出来。这时，那堵危墙已经压弯了李丹瘦瘦的身躯。李丹的军帽已被海水冲走，头发零乱地粘在脸上，嘴唇上流出了血。手托着苏扣扣的刘全宝一步跨出房门，没及回头，就听到背后轰隆一声闷响，砸起的水花溅了几丈高……

"副班长——！"被风浪冲击得左摇右晃的刘全宝大叫一声，泪水就蒙住了双眼。

"副班长——！"双手紧紧地抓住一棵小树的冯琦琦和向天也撕肝裂胆地叫了一声。

刘全宝背着苏扣扣，像一只海豹一样，慢慢地往上爬，海水时而淹没他，时而又露出他。等他来到向天身边时，回头一看，他们的营房已无影无踪，只有在风浪喘息的间隙里，才可以看到坍在水里的房顶。冯琦琦两眼发直地盯着那吞没了李丹的地方，那里，有一个金黄色的圆点跳动了一下，又跳动了一下……啊，是她的那顶漂亮的遮阳小草帽……

"副班长——！"刘全宝、冯琦琦、向天一齐喊叫。然而，回答他们的只有风浪、海水、雷鸣、电闪、鞭子一样的急雨，一排巨浪滚过，冯琦琦那顶曾使副班长李丹触景生情的花边草帽也消逝得无影无踪。

刘全宝背着苏扣扣，向天拉着冯琦琦，一点一点地向小岛中心的制高点爬去，那里，虽然他们的小岗楼早已被台风掀下大海，但岗楼后边的岩石上，有一个凹进去的石罅，也许能够安身。当他们挣扎到那里时，都已衣衫褴褛，遍身泥泞，刘全宝的两个膝盖血肉模糊，苏扣扣依然昏迷不醒……

站在小岛的制高点上，三个年轻人再次认识了台风这个横行恣肆的恶魔的狰狞面目。大学生冯琦琦从牙缝里咝咝地向里吸着凉气，心脏像被攥住了的小鸟一样扑棱乱跳。她甚至无法从她的词汇仓库里挑出几个语词来形容这歇斯底里大发作的世界。连刘全宝这个七年的老海岛兵也是第一次面对面地见到这骇人的景象，那黑脸上暴起了一层鸡皮疙瘩。向天的小脸焦黄发灰，双目呆滞无光，看起来，他的心里也在刮台风，也许是在为那片刻的怯懦而后悔吧？那挺班用轻机枪，本来是应该由他负责带出的，副班长有明确的分工。可是，他不但扔下了轻机枪，连自己的半自动步枪也扔掉了。

这场台风的强烈程度确是罕见的。在他们眼前，海与天连在一起，浪花像节日的礼花在空中成片成片地迸散、飞溅，急雨抽打着浪花，浪花与急雨交织在一起，无情地冲刷着这此刻更加显小、小得如一粒弹丸的小岛。天地之间都是灰色，这颜色随着怒潮的起落不时发生着变化，时而铁灰，时而深灰，时而又是拂晓前那种淡雅的银灰色。那风也是漫无方向地乱撞乱碰，像一条被网住了的鲨鱼，恨不得把天地间的一切撕咬得七零八落。

在这个小小的石罅里，竟然聚集了这么多的生物。湿毛贴着骨头、拖着长长的死蛇般的尾巴的野猫，惊吓得唧唧咕咕乱叫着的海鸟，这些本来是冤家对头的生物竟然也挤在一起，海鸟们甘愿冒着被野猫吞掉的危险而栖身石罅，这又令动物专业大学生冯琦琦那根对动物生存现象最敏感的神经向大脑中枢传递了几个信息，但这信息稍纵即逝，犹如敲打燧石时迸出的火星。

向天发疯似的从刘全宝肩上摘下冲锋枪，一下子扣倒了快机，三十发子弹在几秒钟内喷吐出去，弹头打得石罅里火星飞迸，乱石飞溅，有一块尖利的石片贴着冯琦琦的腮边飞出去，使她的脸上渗出了一层小血珠。十几只野猫死的死，伤的伤，活着的凄厉地叫着嗖嗖地窜出去，那些海鸟扑棱棱地飞出去，有的即刻就被狂风像卷着一片枯叶一样抛了出去，有的则又大着胆子，仄楞着翅膀飞回石罅。

"谁让你随便开枪！"刘全宝放下苏扣扣，踢了向天一脚，夺回冲锋枪骂道，"妈的，对着畜生逞英雄！

刚才你要不跳窗逃走，副班长能……"

"我该死啊！"向天蹲在地上，双手狠命地撕扯着乱蓬蓬的头发，嘶哑着嗓子哭起来。

冯琦琦和刘全宝把苏扣扣安置在石罅的最里边。苏扣扣呼吸急促，两条眉毛在上上下下地跳动。看来他的伤很重。冯琦琦伸手摸摸他的脉搏，脉搏缓慢重浊。冯琦琦仔细端详着苏扣扣，忽然发现这个小兵十分漂亮，那小小的双角上翘的嘴巴，长长的睫毛，凸出的、光滑明净没有一丝皱纹的额头。她真想俯下脸去吻吻这个可爱的小弟弟，但毕竟男女有别，况且对方是个大兵。她不知道狂风还能刮多久，不知道这个小战士的命运如何，甚至还不知道自己的命运如何。她心里发起酸来，便紧紧地咬住嘴唇，把那哽咽之声强咽下来，泪水却汩汩地从她脸上流下，反正，水花时时飞溅过来，谁也分不清她脸上是泪水还是海水雨水的混合物。

四个年轻人从风暴海啸的魔掌中逃到石罅已经两个多小时。扣扣醒过来一次，但很快就昏睡过去。冯琦琦的那块在如此狼狈的迁徙中，竟然没有丢失而且还滴滴答答走个不停的罗马女表的时针刚刚指向六点，天地间就拉开了无边无际的夜幕。石罅里漆黑无光，只有远处的海面上，近处的礁石上，因海水激烈振荡、海浪猛烈碰撞而使某些发光浮游生物和发光细菌放出一片片闪闪烁烁的绿色磷光。这是一个真正的饥寒交迫之夜，刘全宝把裤子、褂子全脱下来，盖在了苏扣扣身上，自己身上只穿着裤衩背心。冯琦琦穿着一件薄薄的无袖连衣裙，这种衣服只能遮体不能避寒，风雨袭来，冯琦琦感到像赤身跳进冰水之中，浑身麻木，仿佛连舌头也僵硬了。幸亏向天把自己的军衣脱下来披到她身上，才使她感到稍微好受了点。

半夜时分，雨停了。那风势也好像有所减弱，海洋深处那种震耳欲聋毫无间隔的喧嚣也变得有了节奏。这时，苏扣扣又一次醒过来了。

"副班长、副班长，机枪……"这是苏扣扣醒来的第一句话。

刘全宝、冯琦琦、向天百感交集地围拢过来。刘全宝握住了苏扣扣的一只手，向天握住了苏扣扣另一只手，冯琦琦双手摩挲着苏扣扣冰凉的下巴，三个人一时说不出话来。

"副班长，我们这是到哪儿啦？"苏扣扣挣扎着要坐起来，但是，被砸折了的脊椎一阵剧痛，使他不得不平躺下去。

"扣扣，我们是在岗楼后边的石罅里……"刘全宝低沉地说。

"副班长呢？"

"副班长……还在营房里……"

"副班长啊……我对不起你……扣扣，我也对不起你，都是因为我贪生怕死……"向天泣不成声地说。

苏扣扣嚎啕大哭起来，哭得完全像个小男孩，像个失去了兄长的小弟弟，冯琦琦痉挛的手指急剧地抚摸着苏扣扣的脸，泪水落到了自己的手上和苏扣扣的腮上。

以后的几个小时，谁也没有再说一句话。痛苦的沉默，沉默更增加了痛苦。黎明时分，风势进一步减弱，夜色渐渐消退，他们已经能彼此看清疲惫不堪的面孔和忧郁的目光。凌晨五点，阴霾的天空中，竟然钻出了大半个惨白的月亮，将它那寒冷的光辉洒在海面上，洒在小岛上。继而，又有几颗绿色的星星试试探探地从云层里露出来，惊恐不安地盯着薄雾缭绕动荡不安的海。

"副班长真的死了吗？他前几天不是还给我祝寿吗？他不是还念了一首诗吗……老刘，你不是要从胶东给他介绍个对象吗？……你们骗我，你们骗我……"苏扣扣又哭起来。

三个年轻人谁也不回答苏扣扣，各自的心里却都在想着那个面色白净、刚毅冷静的李丹。在苏扣扣断断续续的哭声中，传出一两声窒息般的抽泣，那是冯琦琦没有忍住的悲声。

"扣扣，别哭了，副班长牺牲了，但我们还要活下去，我们还要高高兴兴地守海岛。向天，你不是会讲笑话吗？来，给大家讲一个。"刘全宝笑着说。

"有一个地理老师对学生说：晚上……"向天说不下去了。

"冯琦琦同志，请您再给小扣扣讲讲'生存竞争'吧，讲讲什么'孔雀的羽毛'……"

"我没有资格，我没有资格……是你们的行动……副班长粉碎了我的'最适者生存'……他说'人是动物，但动物不是人'……"

"老刘……唱个送情郎吧……唱给副班长听……"苏扣扣满脸泪水，盯着刘全宝的眼睛说。

"我唱，我唱……"刘全宝坐直身子，沙哑着嗓子唱起来：

> 送情郎送到大道上，
> 妹妹两眼泪汪汪。
> 哥哥你一去多保重，

　　打完了老蒋快回家乡。

　　……

　　天亮了。东边的天海相接处，出现了一片血红色的朝霞，太阳慢慢爬出海面，像一张巨大的剪纸贴在东边天上。这已是台风停歇的第二天早晨，也是冯琦琦上岛的第六个早晨。昨天，副班长的遗体，他们找到了，丢失的武器，他们找到了，几口袋粘成一团的面粉和一麻袋土豆，他们也找到了，可是，他们没有火，没有了能把面粉和土豆变成熟食的火，饥饿在威胁着四个年轻人。冯琦琦学着战士们的样子，咔嚓咔嚓地啃了几个生土豆，肠胃就开始绞痛起来，疼得汗珠直冒，趴在沙滩上打滚。苏扣扣病情日见严重，他开始发高烧，说胡话，整日昏迷不醒了。一大早，他们就站在沙滩上向甘泉岛方向遥望，那里有他们的连部，有他们的连长指导员，有几艘可以来往于各岛之间的机帆船。他们从清晨等到中午，两眼发酸地盯着大海，海上平静无风，飘动着乳白色的轻烟。可是，没有船来，没有那熟悉的机帆船的影子。

　　"向天，走，再去找信号枪！"刘全宝对着向天怒吼一声，摇摇晃晃地朝着那片废墟走去。连里跟他们约定过，如有紧急情况，就在晚上打三颗红色信号弹，可是他们的信号枪、信号弹都不知被风浪卷到哪个角落里去了。

几个小时后，十指鲜血淋淋的刘全宝和向天又重新坐回到沙滩上。刘全宝捏着一块拳头大的湿面团，大口大口地吞下去，吞完了，他站起来，平静地对冯琦琦和向天说："小冯，小向，情况是这样，你们都看到了。我们这几个人要撑到连里的船或大陆上的船来是不成问题的，可是这样，小扣子就完了。现在惟有一条路，游到甘泉岛去，让连里派船来急救。"

"不行，到甘泉岛有三十浬，你们游不过去。"冯琦琦激动地说。

"我能游过去！"刘全宝脱下衣服摔在沙滩上，说，"小向，这两天我对你态度不好，你别见怪。我走后，你一定要照顾好小冯和扣扣……"

向天不说话，大口吞着生面团。

"我走了。"刘全宝向大海扑去。

"回来，老刘！"向天一把拉住刘全宝的胳膊，声泪俱下地说，"老刘，好大哥，扣扣受伤、副班长的死，都是我的过错造成的，你就把这个赎罪的机会留给我吧……"

"我是党员，是老战士，身体比你好。"刘全宝甩开向天的手急步向大海走去。

"老刘！你回来！"向天追上刘全宝，死死地拽住他。刘全宝双眼血红，一拳把向天打倒在地，纵身跳进海水。

向天跑回到他们存放武器的地方，抓起枪对天连放三枪，尖利的枪声呼啸着从空中飞过。

刘全宝水淋淋地走上沙滩，目光灼灼地盯着向天逼过来："混蛋，你打算干什么？"

"老刘，你要是不把这次机会让给我，我，我就自杀！"向天扔掉枪，一步一步地向着海走去，海水没了他的脚踝，没了他的膝盖，没了他的胸腹，他忽地俯下身，双臂一挥一挥地渐渐消逝在那一层层洁白的浪花里……

"小向，注意保存体力！"刘全宝的嗓音低沉得像一个老人。

"小向……祝你成功……"冯琦琦低声地说，这声音只有她自己才听得到。

一年之后的一个阳光明媚的日子里，008岛中央那个石头砌成的馒头状陵墓前，站着四个人。

　　冯琦琦：李丹同志，我又来看你了。一年前那次008岛之行，使我的灵魂得到了净化。我从你身上，从你的战友身上，认识到了人生的真正意义。我抛掉了自己视为圣经的"社会达尔文主义"，写了入党申请书……你的那首《岛上的风》，我已经工笔誊抄在一个最美丽的笔记本的首页上，让我现在默诵一遍，来安慰你的英灵吧……

　　刘全宝：副班长，俺老刘复员了，回家包了十亩地，日子过得挺好。眼下地里没活儿，就趁便来看看你。我回去后把你的事对你嫂子说了，她呀，泪蛋子噼里啪啦地流。她说，要是你不死，说啥也要把海生的小姨嫁给你。海生他小姨可是个俊姑娘，不像你嫂子傻大黑粗，可惜，没有等到你……

　　苏扣扣：副班长，我亲爱的兄长。本来躺在这岛上的应该是我，可是，你却抢去了……我在要塞区医院住了三个月，治好了伤，冯司令把我留在司令部当公务员，可是我始终眷恋着008岛，眷恋着你。今年三月份，我陪着冯司令来看过你一次，"老头子"站在你面前，为你鞠了三个躬，我看见他眼睛里满是泪水……

　　向天：副班长，"副司令"！我现在也是这岛上的"副司令"了。那场台风之后，我回过头去看了看自己走过来的脚印，都是那么七歪八扭的。我惭愧啊！副班长。聊以自慰的是，那天，我终于游上了甘泉岛，调来了机帆船，挽救了扣扣年轻的生命，减轻了我一点点罪孽……

"副班长，开饭了！"新建成的平顶钢筋水泥营房里，有一个穿着白工作服的战士在叫喊。四个年轻人缓缓地抬起头来。冯琦琦用朦胧的泪眼看了看那块黑色的大理石墓碑。那墓碑在她眼前渐渐化成一个白净的挂着几丝嘲讽之意的面孔……幻化成一个在海水中跳动的金黄色圆点……她把一顶金黄色的、俏皮的帽檐上镶着花边的小草帽轻轻地放在墓碑上。然后，掏出手绢擦擦眼睛，大步往下走去。她的耳边响起了羊羔咩咩的叫声，两头小牛犊追逐着从她眼前蹿过，蹿到用钢筋水泥筑成的牛棚里，它们的肚皮上都长着一团洁白的花。

（一九八三年）

图书在版编目(CIP)数据

三匹马/莫言著.—杭州：浙江文艺出版社，2019.4(2024.1重印)
ISBN 978-7-5339-5566-3

Ⅰ.①三… Ⅱ.①莫… Ⅲ.①短篇小说-小说集-中国-当代 Ⅳ.①I247.7

中国版本图书馆 CIP 数据核字(2019)第 002502 号

策划统筹　曹元勇
责任编辑　周　语
封面设计　人马艺术设计·储平
责任印制　吴春娟

三匹马
莫言　著

出版　浙江文艺出版社
地址　杭州市体育场路 347 号　邮编：310006
网址　www.zjwycbs.cn
经销　浙江省新华书店集团有限公司
印刷　上海中华商务联合印刷有限公司
开本　787 毫米×1092 毫米　1/32
字数　138 千
印张　8.5
插页　4
版次　2019 年 4 月第 1 版　2024 年 1 月第 4 次印刷
书号　ISBN 978-7-5339-5566-3
定价　45.00 元